小学館文庫

たまもかる

万葉集歌解き譚

篠 綾子

小学館

目次

たまもかる

万葉集歌解き譚

第一首　さし鍋に

一

日本橋伊勢屋は、油問屋に薬種問屋を兼ねる大店である。元は油問屋だけをやっていたのだが、十年ほど前に薬種問屋の店を興した。

主人は油谷平右衛門といい、しづ子という十七歳の娘がいる。しづ子は和歌を好み、国学者として知られる賀茂真淵の弟子でもあった。

「助松、そろそろお嬢さんのところへ行きなさい」

薬種問屋で働く小僧の助松は、五月十六日の昼下がり、番頭から声をかけられた。

「はい」

助松は元気よく返事をすると、母屋のしづ子の部屋へ向かった。

この日はしづ子が外へ出るので、その供を仰せつかっている。助松を、と名指ししたのはしづ子自身であった。

「お嬢さん、助松です」

部屋の前で声をかけると、「どうぞ」と弾んだ調子の声が応じた。

「今日はね、これから賀茂先生のお宅へご講義を聞きに行くのよ」

と、わずかに頬を紅潮させて、しづ子は言う。いつもは文机に向かって、ぎりぎりまで読み書きをしていることが多いのに、今日はすっかり身支度を整えていた。明るい藤色の小袖は涼しげで、しづ子によく似合っている。

「お宅は八丁堀なのだけれど、そこまで供をしてちょうだい」

「分かりました」

助松はうなずき、すぐに出るというしづ子と共に母屋から庭を伝って、外へ出た。

夏の陽射しがまぶしく、空には雲の峰がもくもくと湧き上がっている。少し歩けば汗ばんでくる暑さの中を、日陰を探すようにしながら二人は進んだ。

「今日は、そなたが賀茂先生にご挨拶できるよう、取り計らうつもりよ。もしかしたら、ご講義も聞かせていただけるかもしれないわ」

しづ子は道々、そんな話をした。

「おいらがご講義を聞くなんて」

聞かせてもらえたとしても、さっぱりついていけないだろう。助松は困惑した。

助松が和歌に興味を持ってから、しづ子は多くのことを教えてくれ、歌の手本まで書いてくれた。

そうはいっても、助松はまだ歌を習い始めて数か月。知っている歌もごくわずかで、学者として名高い賀茂真淵の話を理解できるとは思えなかった。その気持ちを正直に

伝えると、

「……そうねえ。確かに、先生のご講義は難しいかしら」

しづ子は首をかしげながら呟いた。

「いいわ。後で私が分かりやすく話して聞かせましょう」

「ありがとうございます」

そんな言葉を交わしているうち、二人は八丁堀にやって来た。与力や同心たちの屋敷が建ち並び、ひっそりと静まり返っている。日本橋の賑やかさに慣れた助松には、少しよそよそしく感じられた。

この辺りの屋敷は奉行所に勤める役人たちのもので、中には屋敷地の一部に家屋を建て、それを貸す者もいるという。賀茂真淵の住まいは、そんな北八丁堀の加藤枝直の地所にあるということだった。

「ここが、加藤さまのお屋敷よ」

と、しづ子が足を止めた屋敷の門は大きく開かれていた。しづ子は門番と顔見知りらしく、目礼をして通り過ぎようとする。ところが、

「少々お待ちください」

その時、門番が声をかけてきた。

「賀茂先生のご講義にいらしたのですか」

「はい。伊勢屋の油谷しづ子でございますけれど」

しづ子が名乗ると、「お顔は存じております」と、門番は生真面目(きまじめ)な調子で応じた。

「賀茂先生のご講義は今日は中止かもしれません。急なことで、知らせも行き届かなかったのでしょうが」

「えっ、何かあったのですか」

「くわしいことは、先生のお宅でお聞きください」

門番はそう言うと、しづ子と助松を中へ通してくれた。

しづ子と助松は顔を見合わせ、訝(いぶか)しげな面持ちのまま先へ進んだ。昼下がりの静かな庭を行くと、やがて、風雅な佇(たたず)まいの家屋が現れた。

「こちらが、賀茂先生のお宅よ」

その玄関口まで向かうと、その脇に侍が一人立っていた。青紅葉(あおもみじ)の木陰に佇むその姿は、十二歳の助松より少し年上にしか見えないのに、静かな落ち着きを備えている。

「これは、加藤さまの若さま」

しづ子が、丁重だが親しみのこもった口調で声をかけた。

「暑いところを大変でしたでしょう」

涼しげな目を持つ少年はしづ子をねぎらった。「そんなことはございません」と返したしづ子は、

「このお屋敷の主、加藤さまのご子息の又左衛門さまです。賀茂先生のお弟子でもいらっしゃるのですよ」

と、少年を助松に引き合わせた。助松のことも伊勢屋で働く者だと紹介した後、

「この者は富山の生まれで、『万葉集』に大変興味を持っていますの」

と、にこにこしながら言い添える。

「ほう、富山とは大伴家持公ゆかりの地ですね」

少年からうらやましそうな目を向けられ、助松は慌てた。

「いえ、おいらは生まれてすぐ富山を出てしまったので、ぜんぜん覚えてないんです」

申し訳ないような気持ちになって答えると、

「それでも、故郷には違いないだろう。覚えていないのなら、これから訪ねて行けばいい」

少年はさわやかな口ぶりで告げた。

「今、言われたように私は又左衛門というのだが、これは我が家の跡取りの通称で、父上と同じなのだ。諱は千蔭というので、そう呼んでほしい」

助松にそう告げる千蔭の言葉に、しづ子が首をかしげた。

「諱とは、慎むという意の『忌み名』に通じるもの。親御さまやお師匠さまならばと

もかく、それ以外の者が頻繁に口にするのはよろしくないでしょう」

武家の場合、本名の諱があり、通称があり、学者や文人の中には号をつける者もいる。それらの中で、諱は主君や親以外は口にしないのがふつうで、他の者は通称で呼ぶものとされていた。

「おっしゃる通りですが、私は千蔭という名が気に入っています。歌詠(うたよ)みに似つかわしい名だと思いませんか」

千蔭はそう言って微笑(ほほえ)んだ。

「確かに、そうも思えますが……」

しづ子が口ごもると、「それはともかく」と千蔭は切り出した。

「せっかくお越しくださったのに、大変申し訳ないのですが、今日のご講義は中止と相成りました」

「先ほど門番の方からも伺いましたが、何があったのでしょうか」

「それについては、賀茂先生が直(じか)にお話しくださると存じます」

続けて、千蔭はそちらへ案内すると告げた。

何でも、男の弟子たちには手伝ってもらいたい仕事があり、そちらへ案内しているという。ただ、しづ子については賀茂真淵のもとへ案内するよう、申し付かっているらしい。

千蔭が案内役などを請け負っていることに、しづ子は恐縮したが、

「いえ、この度のことは我が家の責任でもありますし」

と、千蔭は少し口惜しそうな様子で言うと、先に立って歩き出した。目の前の玄関ではなく、裏口へ回るようである。

「母屋はたいそう立て込んでおりますので」

確かに、玄関の奥からは、人々の声や物を動かす音が騒々しく聞こえてくる。やがて、狭い裏口に到着したが、そこはひっそりとしていた。

中へ入り、賀茂真淵がいるという離れの部屋の前まで行くと、

「伊勢屋のお嬢さんがお見えになりました。お供の人もご一緒です」

と、千蔭は告げた。

「お入りください。千蔭殿もしづ子殿のお連れの人もご一緒に」

中から穏やかな男の声が聞こえてきた。

二

千蔭としづ子に続いて、助松が部屋へ入ると、温厚そうな面長の男が座っていた。

(この方が、お嬢さんの先生なのか)

年の頃は五十ばかり、体は小柄だが顔は大きい。彫りが深く、鼻も口も大きく、眉も太かった。目は少し吊り上がっているが、宿る光は生き生きとして優しげである。そのお蔭でとっつきにくさはまるでなく、慕わしい風貌であった。

三人が落ち着くのを見計らったかのように、女中が冷たい水を運んできてくれた。

「まずは、喉を潤してください。暑い中を歩いてきたお二人は無論、千蔭殿も案内役をご苦労さまでした」

賀茂真淵は若い弟子たちに対しても丁寧な口の利き方をする。

夏の陽射しにさらされてきた体には、冷たい水が何よりありがたい。

しづ子と千蔭が「頂戴します」と口をつけるのを待ちかねたように、助松もごくごくと水を飲んだ。一気に飲み干してしまった助松の茶碗に、女中が微笑みながら、おかわりの水を注ぎ足してくれる。少し恥ずかしかったが、「ありがとうございます」とそれを受け、今度は一口だけ飲んで、茶碗を置いた。

女中が一通り水を注ぎ足してから立ち去ると、改めて賀茂真淵が口を開いた。

「お聞き及びだろうが、今日の講義は取りやめとなりました。無駄足を踏ませて申し訳ない」

「先生のお顔を拝することができただけで、無駄足ではありません。ですが、何があったのか、差し支えのないことだけでもお聞かせいただければ」

しづ子が申し出ると、真淵は静かにうなずいた。

「事情はこれからお話ししましょう。その上で、千蔭殿としづ子殿には相談したいこともあります」

真淵の目が千蔭からしづ子へと順に注がれ、これから重大な話が始まりそうな予感がする。

「あのう、おいらは外へ出ていた方が……」

助松が気を利かせて申し出ると、真淵の目がしづ子の後ろに座る助松へと流れてきた。

「そちらは、お店の小僧さんですか」

真淵の問いかけに、しづ子が「はい」と答えた。

「ご挨拶が遅れて申し訳ございません。助松と申します。『万葉集』を習いたいと志しておりまして、今日は先生のご尊顔を拝することができれば、と連れてまいったのでございます」

やや大袈裟に聞こえるしづ子の言葉に、少しはらはらしながら、助松は頭を下げた。

「若い人が志を持つのは喜ばしいことです」

真淵の眼差しはそれまでよりも優しく見えた。

「母屋の方は立て込んでいますから、小僧さんにもここで一緒に話を聞いてもらいましょう」

　真淵の言葉に、助松は再び腰を落ち着け、しづ子と千蔭も居住まいを正した。皆が話を聞く姿勢になったところで、真淵がおもむろに口を開く。

「実は、母屋の騒々しさは昨晩、泥棒に荒らされたからなのです」

「まあ、先生のお宅に泥棒が……？」

　しづ子が口もとに手をやり、小さな驚きの声を上げた。

「ここは八丁堀ですからね。事が伝わるや、大騒ぎの体になってしまいました」

　八丁堀に泥棒が入ったとは、奉行所の面子を汚されたも同然である。すぐに取り調べの役人がやって来たのはよいとして、賀茂家の者も使用人たちも外出を禁じられた。そんなこともあり、今日の講義は中止せざるを得ず、参席者に中止の知らせを送ることもままならなかったという。

　今、母屋が騒がしいのは、荒らされていた書斎の片付けを、弟子たちに頼んだためらしい。

「金目のものの有無はお役人の指示もあり、真っ先に調べました。まあ、もともと大した額は持ち合わせなかったのですが、金子は盗まれておりません。また、田安さまから拝領したお品なども無事でした」

　その話に、しづ子が小さく安堵の息を吐いた。

（そういえば、賀茂先生は田安さまに学問を教えていらっしゃると、お嬢さんが話していたな）

だから、助松も田安家について知らぬわけではなかった。現在の当主は、将軍徳川家重の弟、田安宗武である。

「そうなると、残るは書物の類かということになります」

「先生のお宅で、最も荒らされていたのが書斎でございました」

千蔭が言葉を添えた。

「では、先生の蔵書が狙われたのでしょうか」

しづ子が蒼い顔で尋ねると、真淵は今のところ盗まれたと分かっている書物はないが、その見込みはあると答えた。

「仮に盗られたとしても、書物問屋で買えるものであればよいのです。問題は手書きの写本の類で、これは数も多く、今調べてもらっているところです」

真淵の弟子であれば、蔵書の中身についても知識があり、中身がすり替えられていないかどうかも確かめられる。いずれにしても数が多いので、大変な作業になるという話であった。

「私の蔵書が盗られたかどうかはやがて分かるでしょう。しかし、書斎の蔵書は無事だったのではないかと、私は考えています」

やがて、真淵はこれまでの話の流れを覆すようなことを言い出した。

「どういうことでございますか」

しづ子が首をかしげると、

「ここから先は、まだ誰にも打ち明けていない話になります」

と、真淵の表情が急に引き締まった。

「書物を狙われたと疑いつつ、何も盗られていないと予測したのには、理由がありま す。実は、私は田安さまのお屋敷へ伺った折、とある書物を手に入れました。というより、自分の書物と思い込んで持ち帰ったら、別の人のものだったのです。私はそれを書斎ではなく、別の場所にしまっておりました」

「その書物は、無事だったのでございますね」

すかさず確かめた千蔭に、真淵はゆっくりとうなずき返した。

「取り違えてしまったのは『万葉集』です」

「『万葉集』……?」

しづ子と千蔭の口から、意外そうな呟きが漏れた。手に入れるのが取り立てて難しいものではない。

「私は自分で書き写したものを、巻ごとに綴じて使っていました。書き込みなどもしていますから、摺りものの本に替えるのも不都合でね。田安さまへのご講義の際もその写本を持って行きました」

それはもっともなことだと、しづ子と千蔭がそれぞれうなずく。

「ところが、三日前、田安さまのもとへ伺った折、それを別の人の本と取り違えてしまったのです」

黒表紙の本で、取り立てて特徴があったわけでもないと、真淵は告げた。また、真淵に倣(なら)い、黒表紙をつける者も聴講者には多かったそうだ。何でも、田安宗武が真淵の真似(まね)をしているらしく、殿がするなら――と家臣たちもこぞって黒表紙の本をそろえていたらしい。

誰かが真淵の本を意図してすり替えたのか、それとも間違えて持って行ってしまったのか、はたまた真淵自身が間違えたのか、それはもう分からないという。

「その日は『万葉集』巻三と巻十四の講義をすることになっており、私も同書を二冊持って行きました。書物から離れていたのは、ご進講が終わって、田安さまからお茶を頂戴していた間のみ。戻ってきた時には、目についた黒表紙の本を自分のものと思い込み、風呂敷に包んで持ち帰ってきてしまいました」

中身を確かめれば分かったはずだが、近くに人もおらず、他の本もなかったので、自分のものと疑いもしなかったという。気づいたのは、自宅に戻って書物を開いてからであった。

中身は『万葉集』の巻三と巻十四であったが、ところどころに手が加えられていたらしい。それがどんな形式であったのかは説明せず、真淵は話を先に進めた。

「いずれにしても、持ち主は田安家に出入りしている人です。すぐに見つかると思い、私ものんびり構えていました。それに、騒ぎ立てては相手の方の迷惑になるかもしれませんし」

と考えていたところへ、昨晩の泥棒騒ぎが起こった。泥棒がそのすり替わった写本を狙ったものかどうか、はっきりしたわけではない、としつつも、

「この話をしたのは、『万葉集』にくわしく、かつ腕の立つ人物について心当たりはないか、二人に尋ねたかったからなのです」

と、真淵は続けた。それも、できれば地位の高い幕臣などではなく、役付きでない侍か浪人のような人物がよいという。

「あの、先生」

その時、千蔭が思い詰めたような声で切り出した。

「私は未熟者ですし、武術が得意とも申せません。されど、剣もたしなんではおりますし、『万葉集』についても先生から教えを受けております。私ではお役に立てないでしょうか」

「もちろん、千蔭殿のことは頼りにしています」

　真淵が目もとを和らげて、千蔭に告げた。

「しかし、加藤又左衛門殿のご子息が動けば、何かと目立つでしょう。ですから、まずは目立たずに動ける人にお頼みしたいのです。ただ、場合によっては危険なこともあるかもしれないため、腕の立つ人物と申しました」

　真淵の言葉を受け、助松は「お嬢さん」としづ子に小さく声をかけた。

　振り返ったしづ子の目を見た瞬間、同じ人物を思い浮かべていることを助松は察した。ぜひそのお名前を出してください、という思いをこめて、助松は大きくうなずいてみせる。しづ子は軽く顎を引くと、再び真淵へと向き直った。

「先生のお求めに適するお方を、私は一人存じております。お武家ではございませんので刀は使わないのですが、強いお方です。『万葉集』にくわしいことも確かでございます」

「もしやお店の人ですか」

「いえ、うちのお客さまです。占いをして生計を立てていらっしゃって、葛木さまとおっしゃるのですが……」

「ほう、占い師……」

　真淵が意外そうな表情で瞬きをした。それを見ると、助松はつい黙っていられなくなり、

「葛木さまは占いだけじゃなくて、いろいろなことがお出来になるんです。ご先祖が陰陽師（おんみょうじ）だったそうです」

と、つい口走ってしまった。

「『万葉集』の歌だってほとんど諳（そら）んじていらっしゃるし、狂歌をお作りになるのもすごく上手なんです」

「ほう、狂歌を——」

「助松！」

真淵が面白そうな声を上げるのと、しづ子が助松を慌てて止めたのはほぼ同時であった。

「その方は、狂歌を好んでお作りになるわけではなく、ちょっとした遊び心で作ってみたのだと思います。助松はまだ、伝統あるやまと歌と狂歌の違いがよく分かっていなくて……」

言い訳でもするようなしづ子の言葉に、助松ははっとなった。

賀茂真淵は、将軍の弟に講義をするような立派な学者である。狂歌は世の中のことを面白おかしく歌い上げ、かつ政（まつりごと）を批判するようなものもあったはずだ。もしや、自分は葛木多陽人（たびと）を売り込もうとする余り、余計なことを口走ってしまったのか。助松が焦った時、真淵が穏やかな表情で口を開いた。

「しづ子殿、狂歌は悪いものではありません。その人が仮に狂歌師をお名乗りになっていたとしても、私が信頼しない理由にはなりませんよ」

「は、はい。申し訳ございません」

しづ子は恐縮しつつも、ほっと安堵した様子で応じた。

「私に謝る必要などはありませんが、狂歌について正しく知っておくことも必要ですね」

と、優しく言った真淵は「狂歌といえば」と話を続けた。

「近頃流行り出したものと思う人がいますが、実はその歴史は古いと私は見ています。そもそも、狂歌の源となっているのは『万葉集』の戯笑歌と言えるでしょう」

決して大きな声を出すわけでも、早口で話すわけでもないが、熱の入れ方がそれまでとは格段に違っている。誰にも口を挟ませることなく、真淵は淀みなく語り続けた。

「たとえば、『さし鍋に湯沸かせ子ども櫟津の檜橋より来む狐に浴むさむ』という歌があります。ちょうどいい。助松さんは歌に興味があるということでしたから、助松さんに考えてもらいましょう」

「えっ、おいらですか？」

いきなり真淵に名指しされて、助松は吃驚した。

「この歌は宴の際、狐の鳴き声が聞こえてきた時に詠まれた歌です。席にいた人々が長忌寸意吉麻呂（ながのいみきおきまろ）という人に、調理具と食器、狐の鳴き声、川と橋を詠み込んで歌を作るよう言うのです。そして、作られたのがこの歌でした。今、私が言ったものを歌の中から探してください」

真淵はそう言った後、もう一度、ゆっくり歌を朗詠した。

さし鍋に　湯沸かせ子ども　櫟津（いちひつ）の　檜橋（ひばし）より来（こ）む　狐（きつね）に浴（あ）むさむ

助松はこれまでにないほど真剣に歌を聞いた。

「どうです、見つかりましたか」

真淵から問われ、

「狐の声は『こん』。調理具は最初に『鍋』と出てきていたと思います。あとは……」

と、とにかく思いつくままに助松は答えた。さらに、助松が探しやすいようにと、真淵はもう一度、歌ってくれる。

「あっ、『はし』がありました。川を渡る橋と……もしかしてお箸も？」

助松が真淵の顔色をうかがうように問うと、真淵は微笑みながら大きくうなずいてくれた。

だが、川だけは分からない。橋があるのだから、川があるのは当たり前だが、川と

いう言葉は入っていなかった。口惜しいと思っていたら、

「それだけ分かればすばらしいと言えるでしょう」

と、真淵の言葉がかけられた。

「この歌は『さし鍋に湯を沸かしなさい、皆さん。櫟津(いちひつ)の檜橋からコンと鳴きながらやって来る狐に浴びせかけよう』という意味です。もちろん本気で湯を浴びせるつもりなどはなく、ふざけているのですよ。狐の鳴き声は『来む』にかけられています。調理具は『さし鍋』で、食器は『檜橋』にかけられている『箸』、ここに気づいたのはすばらしいことですよ。しかし、実はもう一つあるのです。御櫃(おひつ)の『櫃』が『いちひつ』の『ひつ』にかけられていました」

そういうことだったのか、と納得しつつ、櫃を見つけられなかったことが残念でならない。

「さらに、『いちひつ』の『津』は川の渡し場ですから、これが『川』に当たりますね。しかし、櫟津という渡し場の名前は、そこに住んでいなければ分からないことですから、助松さんが口惜しがる必要はありませんよ」

真淵は助松に目を向け、軽くうなずいてみせてから、先を続けた。

「いずれにしても、こういう軽い気持ちで詠んだ歌というのが『万葉集』にはたくさんある。とっさに知恵を働かせ、人々を感心させたり、笑わせたり、宴の席の座興と

して作られた歌――それらが長い歳月の間、廃(すた)れることなく受け継がれて、今日の狂歌になったと言えるでしょう」

途中、助松との問答を挟みながらも、長々と続いた真淵の話はここでようやく終わりを見た。

(賀茂先生とお嬢さんは似ている……)

淀みなくしゃべる真淵の様子に、助松はふとそう感じた。歌のことをしゃべり出すと止まらなくなるところがそっくりだ。

(でも、お嬢さんは話せば話すほど早口になっていって、分かりにくくなるんだけど、さすがに賀茂先生は分かりやすいな)

真淵の講義というのはこういうふうなのだろうか。こんな講義なら、自分も聞いてみたいと助松は思った。

「これはいけない。つい余計な話を長々としてしまいました」

真淵は我に返った様子で呟いた。

「いえ、今日はご講義が中止になってしまいましたが、貴重なお話が聞けて嬉(うれ)しゅうございました」

しづ子が真摯な口ぶりで言い、助松もぶんぶんと首を縦に動かした。その様子に真淵は微笑むと、

「さて、狂歌をするその方は葛木殿とおっしゃいましたね。まずはお会いしてみたいのですが、どうすればよろしいですか」

と、改めてしづ子に尋ねた。

「私の父もその方の世話になっているのですが、用向きがあれば店に来てもらっております。先生の場合も、お頼みすれば足を運んでくださると存じます」

「分かりました。では、しづ子殿から頼んでもらうことはできますか」

しばらくは外出をしないつもりなので、前日までに知らせてもらえれば応じられると、真淵は告げた。しづ子が分かりましたとうなずき、話がまとまったところで、

「あの、先生」

再び、千蔭が遠慮がちに口を開く。

「田安さまのお屋敷ですり替わってしまった『万葉集』のご本ですが、ところどころに手が加えられていたと、先生はおっしゃいました。それは、どういった形だったのでしょうか」

「その話は……今はよしておきましょう」

真淵は静かに首を振った。

「もしかしたら危険が潜んでいるかもしれません。万一に備え、それを知る者はできるだけ少ない方がよいと思います」

穏やかな物言いだが、きっぱりと真淵は言う。

隣り合って座るしづ子と千蔭は、思わず顔を見合わせていた。その表情までは見えなかったけれども、師匠を案じている二人の気持ちだけは、助松にもはっきりと伝わってきた。

三

それから間もなく、しづ子と助松は賀茂真淵宅を辞去し、千蔭は二人を送っていくと断って、席を立った。そろって家を出たところで、千蔭はつと足を止めると、どことなく思い詰めた様子で口を開いた。

「私は侍として、先生の弟子として、黙って見ているわけにはいきません」

しづ子と助松は思わず顔を見合わせた。

「若さまのお気持ちはよく分かります。私も同じですもの」

優しくなだめるように言うしづ子へ、千蔭は「それならば」と真剣な面持ちで告げた。

「葛木というお方が先生のもとを訪ねる日が決まったら、私にも知らせてください。私も同席させてもらえるよう、先生にお頼みしてみます」

千蔭の熱意に押される形で、しづ子はうなずいた。

「日取りが決まったら、先生にお知らせするため、こちらへ使いを送ります。その際、若さまのお屋敷にも知らせるようにいたしましょう」

しづ子はそれから助松に目を向け、ここまで一人で来られるかと尋ねた。

「道は大方覚えられたと思います。帰り道、もう一度確かめれば大丈夫です」

助松はしっかりと返事をする。

「助松が使いをしてくれるのなら心強い。ならば、私の屋敷の場所も覚えておいてもらいたいが、今から案内しておこうか」

千蔭が弾みのついた声で言い出した。

「……若さまのお屋敷って、いちばん立派な奥のお屋敷ですよね」

小さめの家屋はいくつか散見されるが、お屋敷と呼べるようなものは一軒しかない。

助松が少し遠慮がちに訊き返すと、

「若さまではない。千蔭と呼ぶように言ったであろう」

と、叱るような口調で言われてしまった。

「あ、はい。申し訳ありません」

すぐに謝ったが、しづ子が「若さま」と呼んでいた時にはお咎めなしで、どうして自分だけが叱られるのかと、理不尽な気もする。

「では、その時はよろしく頼む。私が留守でも必ず言づてをしていってくれ」

と、千蔭は助松に念を押した。

「それはそれとして、今から我が家に来てくれてもよいのだが……」

千蔭は何となく寄って行ってほしいという口ぶりで言った。

「せっかくですが、今日はご遠慮しておきます。先生から頼まれたこともございますので」

しづ子の返事に残念そうな表情を浮かべつつも、千蔭は「分かりました」と納得した。それから三人は庭伝いに進み、最初に会った青紅葉のところまで来ると、

「では、先の件はよろしく頼みます。私は書斎の片付けを手伝いますので」

と、千蔭は言い、賀茂家の母屋の玄関口へと向かう。

千蔭を見送った後、助松としづ子は並んで歩き出した。

「千蔭さまは、お嬢さんをお屋敷にお招きしたかったのではないでしょうか」

門へと進む道で、助松はしづ子に言った。

「どうして？」

「だって、くり返しお誘いになったし、断られた時には残念そうなお顔でしたよ」

「若さまは、私ではなく助松を招きたかったのよ」

「おいらを？」

　しづ子の言葉に、助松は目を瞠った。

「若さまはね、助松ともっといろいろお話しして、親しくなりたかったんじゃないかしら」

「でも、今日お会いしたばかりですよ」

「初対面だからこそ、親しくなりたいと思うのですよ」

　しづ子は諭すように言葉を返した。

「私はこれまで、若さまがあんなに打ち解けてお話しになるのを見たことがないの。きっと助松がいたから、いつもと違っていらっしゃったのよ」

「そうでしょうか」

「今年で十五歳の若さまは、先生のお弟子の中ではいちばんお若いの。助松が歌に関心を持っていると知って、きっと嬉しく思われたのよ」

「うーん」

　助松が考え込むように唸ると、

「助松には、千蔭と呼ぶようにっておっしゃっていたでしょう？　あれだって、親しさの表れだと思うわ」

　と、しづ子は言った。

「親しさの……？　でも、諱で呼ぶのは、本当はいけないことなんですよね」

助松は不安げな眼差しをしづ子に向けて尋ねた。

「親や師匠が呼ぶのに差し支えはないの。ほら、先生だって千蔭殿と呼んでいらしたでしょ」

「はい。でも、おいらがあの方を諱で呼ぶなんて、何だか気が引けてしまいます」

「他ならぬ若さまがおっしゃるのだから、お望みの通りにして差し上げたらいいんじゃないかしら。余所(よそ)の人の耳があるところでは控えればいいでしょう」

「でも、おいらとあの方じゃ、ご身分も違うし……」

「助松、それは気にしなくてもいいと思うわ」

しづ子は足を止めると、助松にじっと目を据えて言った。

「だって、そなたは本当はお武家の出ではありませんか」

助松はしづ子を無言で見つめ返した。そのことについては、どう言葉を返せばいいのか、よく分からない。

伊勢屋で手代として働く父の大五郎(だいごろう)が、かつて陰謀によって富山藩を脱藩した侍であると、助松が知ったのはついこの間のことである。そのことは事実として受け容(い)れてはいたが、まだ実感は湧かなかった。それに、父はこのまま薬種問屋の手代として働くと決めており、助松もそれに同意している。

「今、私はそなたに供を言いつけたりしているけれど、本当は使用人として扱うなんて許されないことだわ。私の方が助松を『若さま』と呼んで、かしずかなければならないのだから」

「そんな、おいらが『若さま』だなんて、何か変です」

照れくささと落ち着かない気持ちが湧き上がってきて、助松は言った。

「でも、それがあるべき本当の姿なのよ」

しづ子は表情を変えず、大真面目に告げた。

「今は大五郎さんがご身分を隠し、うちのお店で働くとおっしゃるから、父さまも私もこれまで通りに振る舞っているわ。だから、助松に対する態度や物言いも変えていない。でもね、もし今から私が態度を改めて、助松のことを『若さま』とお呼びしたら、どう思う？」

「嫌です」

助松はすかさず答えた。

「何だかこそばゆいし、落ち着きません」

「加藤の若さまのお気持ちは、今、助松が感じた気持ちに近いのではないかしら」

しづ子の声色はいつもの優しげなものになっていた。

「気兼ねなくお話ししたい相手から、あまり丁重な物言いをされると、かえって寂しいものなのよ。たぶん、若さまは助松とは身分や立場に関わりなく、和歌のお話をいっぱいなさりたいのだと思うわ」

「和歌のお話ですかぁ」

助松の声も自然と柔らかくなる。しづ子から和歌の話を聞くのは楽しいし、今では訊きたいことがあれば、葛木多陽人や父の大五郎に問うこともできる。しかし、その手の対話はいつも、助松が教えられるという形に限られていた。

もちろん、今、千蔭と和歌の話をしても、相手から教えてもらう一方になるだろう。しかし、あまり年の違わない千蔭とならば、いつかは互いに学び合える仲になれるかもしれない。

「若さま、いえ、千蔭さまのお心が少し分かった気がします」

助松が明るい声になって言うと、しづ子も顔をほころばせた。

「それはよかったわ」

そう言って、再びしづ子が歩き出した後に、助松も続いた。

「お嬢さん、『万葉集』の巻三と巻十四には、どんな歌があるんですか。賀茂先生のおっしゃっていた戯笑歌も入っているんですか」

助松が問うと、しづ子は少し間を置いた後、

「いえ、どちらにも戯笑歌は入っていないわ。巻十四には『東歌（あずまうた）』という東国の歌が集められているの。東国というのはこの辺りのことね。だから、農民の歌なども多

く入っているのよ」
と、まず巻十四から説明した。
「前に教えていただいた防人の歌もそうですよね。もともと農民だった人が防人にな
ったって」
「そうね。防人の歌は旅立つ寂しさやつらさを詠んだものが多いのだけれど、東歌は
いろいろあるの。恋の歌なんかもね」
「そうなんですか」
助松が応じたところで、ちょうど門に到着したので、しづ子は門番に目礼して通り
過ぎた。
それからしばらく、二人は無言で歩いていたが、武家屋敷の並ぶ八丁堀はさほど人
通りも多くない。助松は前後に人のいない折を見計らって、
「巻三はどういう歌なんですか」
と、しづ子の横に並んで、再び尋ねた。見れば、しづ子はいつになく難しそうな表
情を浮かべている。
「それがね。私もどう説明したらいいか、ずっと考えていたのだけれど……」
しづ子は少し困惑した口ぶりで語り出した。
「巻三はいろいろな歌が入っているの。たとえば、人が亡くなった時に詠まれる挽歌

などね。ただ、巻三で最も重要だと思われるのは『譬喩歌（ひゆか）』という類の歌が入っていることなのよ」

「ひゆか？　何かを別のものにたとえる『比喩』のことですか」

「ええ。その通り」

そう答えて、しづ子はにっこり微笑んだ。

「歌は人の思いを述べるものだけれど、表し方にはいくつかあるの。心の思いをそのまま言い表す歌は『正述心緒歌（ただにおもいをのぶるうた）』というのよ。分かるかしら」

「悲しいとか嬉しいとかいう思いを、そのまま詠むってことですか」

「そうそう。『嘆きつるかも』とか『恋ひまさりける』とか、こんなふうにね」

しづ子が七音の言葉を例に挙げてくれたので、助松にもよく分かった。

「大事なのは、何かを見聞きして、悲しくなったり嬉しくなったりしたのではなく、悲しい、嬉しいという気持ちをそのまま述べているという点ね。何かを見聞きして心をかき立てられた時は、『寄物陳思歌（ものによせておもいをのぶるうた）』になるの」

「ものによせておもいをのぶる、ですか」

「そう。たとえば、着物を見ると、それを縫ってくれた人のことが思い出される、というようなものね」

「それって、着物を縫ってくれた人は今、目の前にはいないんですよね」

助松が問うと、しづ子は意を得たという様子で「そうそう」と大きくうなずいてみせた。

「着物という『物』は目の前にあるけれど、それが思い出させる『人』は目の前にはいない。そういう時に詠まれる歌が『寄物陳思歌』よ。そしてね、『譬喩歌』はこの二つのどちらにも入らないものなの」

「そんな歌があるんですか」

助松は目を見開いて、しづ子をじっと見つめた。

「実は、境目があいまいな歌もあるんだけれど、物だけを詠んで、思いの丈ははっきり言わない歌のことね」

「それって、ええと……『寄物陳思歌』とどう違うんですか」

「そこを問いかけられると、私もうまく答えられないのだけれど……」

しづ子の表情がますます困惑したものとなる。

「もし助松がもっとくわしく知りたいのなら、今度、賀茂先生にお尋ねしてみるわ」

しづ子はそう断った後、それでも自分の知る限りのことを説明してくれた。

「物を見て誰かを思い出すことと、誰かを物にたとえることとの違いは、分かるかしら」

「ええと、着物を見て縫ってくれた人を思い出すのと、誰かを着物にたとえるってことですよね」

「そうね。でも、人を着物にたとえることはあまりないかしら。着物はやっぱり縫ってくれた人とか、着ていた人を思い出すよすがとなるものだわ」

しづ子の言うことはよく分かったので、助松は深くうなずいた。

「では、梅の花ならどうかしら。恋しい女の人にたとえても不思議はないでしょう?」

そう告げた後、しづ子は一首の歌を口ずさんでみせた。

ぬばたまの　その夜の梅を　た忘れて　折らず来にけり　思ひしものを

「これは、大伴百代という人の歌でね。助松も知っている大伴旅人公や家持公の親戚の人らしいわ」

あ、この人は男の人よ——と、助松が誤解しないように言い添えた後、しづ子は先を続けた。

「この歌は『梅の宴に出かけて行ったのに、その夜、うっかり折るのを忘れて帰ってしまった、思いを寄せていたのになあ』と言っているの」

「どこがたとえになっているのか、ぜんぜん分かりません」

助松は首をかしげた。

「梅の花を折るのを忘れたと悔やんでいるけれど、本当に悔やんでいるのは、恋しい女の人に逢わなかったことなのよ。その人に逢わずに帰ってしまって残念だったなあ、と言っているの」

「なんだ。それじゃあ、梅の花は大事じゃないんですね」

助松があっさり言うと、「そういうことでもないのよ」と、しづ子は声に力をこめた。

「この人が実際に目にしているのは、梅の花なの。さっきの『寄物陳思歌』と同じで、目の前にあるものを詠んでいるのよ。けれど、この歌に女の人は一言も出てこないわよね。つまり、目の前の梅の花を詠むだけで、梅の花にたとえた誰かのことは言わないの。それが『譬喩歌』だと言えば、分かるかしら」

「何となくですけど、分かった気がします」

助松は考え込むようにしながらうなずき、ふとある別の歌のことを思い出して、しづ子に尋ねた。

「それじゃあ、梅の花を見て、それを植えた人のことを思い出したという歌は、『寄物陳思歌』になるんですね」

「そうね。やっぱり助松はとても賢い子だわ」

しづ子は感心した様子で、笑顔を見せた。

「この分なら、特別に賀茂先生にお願いして、お弟子とまではいかなくても、お弟子見習いにでもしていただけるかもしれないわ。加藤の若さまだって、十三か十四の頃からお弟子の列に加えていただいていたのだし……」

と、期待に心を膨らませているしづ子の傍らで、助松はある一首の歌を胸の中で唱えていた。

吾妹子(わぎもこ)が　植ゑし梅の樹(き)　見るごとに　こころ咽(む)せつつ　涙し流る

――愛しい亡き妻が植えた梅の木を見る度に、心が悲しみ咽(むせ)んで涙が流れる。

大伴旅人が亡き妻を想(おも)って詠んだという歌である。この歌を助松に教えてくれたのは、旅人と同じ名を持つ、葛木多陽人であった。

第二首　あをによし

一

賀茂真淵宅から伊勢屋へ帰るとすぐ、しづ子は父の平右衛門に、葛木多陽人が伊勢屋へ来るのはいつかと尋ねた。

「葛木さまなら、明日の昼過ぎ、お越しになることになっているよ」

という返事なので、賀茂真淵の依頼についてはその時に話をすると、しづ子は言う。多陽人が承知したら、その場で賀茂家訪問の日取りも決め、助松が使者となって真淵と千蔭に伝えることになった。

(千蔭さまは、おいらより三つ年上なのか)

伊勢屋に帰ってからも、助松はともすれば千蔭のことを思い出した。

真淵の危機に際し、何もせず見ているわけにはいかないと、言っていた千蔭。

自分にも何かできると信じているその姿は、助松の目にはまぶしく映った。あの自信は侍であることから来るのだろうかと、他人事のように思いつつ、

(でも、おいらだって、お父つぁんがずっと富山にいれば、侍になっていたんだ)

と、気づいて愕然とする。

（おいらが三年後、千蔭さまみたいになれているかなって思うと……）

とても無理なのではないか。そんな自分が情けなく、助松はもやもやした気分を抱きつつ、その日を過ごした。

「具合でも悪いんじゃないのか」

晩には父の大五郎から、そう心配されたほどである。

しかし、一晩寝た後は浮かぬ気分もどこかへ行ってしまい、助松はすっかり元気を取り戻していた。

葛木多陽人が店へ現れた時も、

「いらっしゃいませ」

と、誰より大きな声で挨拶した。

「ああ、助松はん。相変わらず元気そうやな」

多陽人は端整な顔をほころばせた。

「お父はんもお変わりのうおすか」

「はい。お父つぁんは奥で仕事をしています」

大五郎は客あしらいはせず、薬草の管理や薬作りの仕事をしていた。とはいえ、この店の売れ筋である反魂丹（はんごんたん）は、富山の薬種問屋から仕入れている。胃痛に効く反魂丹は行商が売り歩くことで知られていたが、行商が来るまでに切らしてしまう客もおり、店で買える伊勢屋の反魂丹は重宝されていた。

「ところで、反魂丹は置いてますか」

多陽人もこの日、そう尋ねた。手代の庄助が進み出て、

「へえ。どれほどお求めでございましょうか」

と、丁重に訊き返した。伊勢屋では、助松のような小僧は手代と組になって、客の応対を行う。客の注文に応じて、薬を手渡すのは手代の役目とされていた。

「そうどすな。十包みほど頂戴しまひょか」

「承知いたしました」

と、応じた後、庄助は続けて「他にご入用はございませんか」と問うた。時には売り込みもしなければならない。

「そうどすなあ」

多陽人は考え込むような表情を浮かべていた。

「夏は疲れも溜まりやすく、風邪など引き込みますと長引くこともございます。そのようなお客さまは毎年おられますが、うちでは香蘇散をお勧めしております」

「ほう。それは、どないな生薬を用いてはるんどすか」

「へえ。香附子や生姜、甘草などを用いてます」

「それは、疲れた時の気を養うのに効くもんばかりどすな」

「さすがは葛木さま。よくご存じでいらっしゃいます」

庄助が持ち上げるのを横で聞きながら、助松は多陽人の家を訪ねた折、その庭に薬として使える草木がいくつか植わっていたのを思い出していた。後で訊いてみたら、多陽人は薬草の知識もあり、分量の匙(さじ)加減が要求される繊細な薬は別として、簡単な生薬の処方ならできるということであった。

もちろん、この場合、庄助は香蘇散で使われる生薬をすべて明かしてはいない。

（香蘇散は他に、紫蘇葉(しそよう)と陳皮(ちんぴ)を入れて作るんだ）

助松はひそかに思いめぐらした。

香蘇散は伊勢屋で独自に作っている薬の一つであり、父の大五郎も携わっている。伊勢屋では、小僧が売り物の薬草に触ることは許されていなかったが、助松は時折、父から薬の作り方を教わっていた。

「ほな、香蘇散も五つほどもらいまひょ。払いはつけでな」

多陽人はそう言うと、「ご主人のもとへ案内してほしいんやけど」と切り出した。

「へえ。お品物はお帰りまでにご用意しておきます」

庄助は応じ、助松に案内を申し付けた。助松はいつものように、多陽人を店の奥の母屋へと案内する。

「今日は、お嬢さんが葛木さまにお願いしたいことがあるそうです。後ほどお話があるかと思います」

多陽人を客間に残して立ち去る際、助松は念のため、多陽人に伝えておいた。

「お嬢はんが私に？　どないな話どすやろ」

多陽人は不思議そうに訊き返した。

「お仕事の依頼と聞いております。くわしいことは、お嬢さんからお聞きください」

助松は客間を下がると、平右衛門としづ子の部屋をそれぞれ訪ね、多陽人が来たことを伝える。その後は再び店へ戻り、手代の庄助と一緒に、客の相手をして過ごした。

多陽人が奥での用向きを終え、再び店に現れたのは、半刻（約一時間）あまり後のことである。

庄助が用意してあった薬の包みをすぐに渡し、「ありがとうございました」と言うのに合わせて、助松も頭を下げた。

「へえ、おおきに」

多陽人は受け取った紙の包みを袂にしまい込むと、

「ああ、お嬢はんからのお話、お引き受けしましたで」

と、助松に目を向けて言った。

「そのことでお嬢はんが助松はんに話があるそうや。後で暇ができたら部屋へ来てほしいと言うてはりました」

「分かりました。必ず伺います」

助松が返事をすると、「ほな、伝えましたで」と言って、多陽人は伊勢屋を出て行った。

店にいた客や奉公人たちの眼差しが、吸い寄せられたように多陽人に合わせて動いていく。そして、その姿が外に消え、見えなくなってしまうや否や、人々の口から一様に切なげな溜息が漏れた。

多陽人の風貌は、その整った顔立ちのせいでかなり目立つ。

月代を剃らず、後ろで軽く結わえただけの総髪に、無造作な着流し姿で、当人は目立とうなどと毛筋ほども思っていないだろうに、道行く人の中で誰より目立っているに違いなかった。

多陽人が去ってからも店で仕事を続けた助松は、庄助が別の手代と交替するのに合わせて店を離れ、しづ子のもとへ向かった。

「ああ、助松。来てくれたのね」

しづ子は多陽人に会い、賀茂真淵の依頼について話したことを告げた。

「ひとまず、賀茂先生のお宅へ伺うことは承知してくださったわ。日取りは三日後の昼八つ（午後二時頃）としたので、これから賀茂先生と加藤さまのもとへ知らせてほしいの」

「分かりました。おいらが直にお伝えすればいいのですね」

「お留守ということもあるから、賀茂先生と若さま宛てに、私の方で文をしたためておいたわ」

しづ子はそう言って、すでに用意してあった二通の文を取り出した。

「当日は私も伺おうと思うの。葛木さまと先生は初対面ですし」

「じゃあ、葛木さまとお嬢さんがご一緒されるんですか」

「いいえ。あちらでお待ち合わせするのだけれど、葛木さまは初訪問ですから、その旨を門番の方に伝えておいてくださるよう、文でお願いしておいたわ」

しづ子は助松に二通の文を手渡した。それから、文机の方へ向き直ると、別の紙を手に取って、

「これは、そなたのためのお手本よ」

と、改めて助松に差し出した。

「ありがとうございます」

助松は明るい声を上げた。しづ子から歌を習うようになって以来、そうやって和歌を手習いの手本として書いてもらっている。

「今回は、『万葉集』の巻三から選んだの」

と、しづ子は告げた。

「昨日の帰り道、お嬢さんが教えてくださったところですね」

「そう。でも、譬喩(ひゆ)歌はそなたにはやっぱり難しいと思うのよ。だから、巻三の中でも有名な歌を選んだの」

しづ子がそう言って手渡してくれた紙には、歌が二首記されていた。


大君(おほきみ)は 神にしませば 天雲(あまくも)の 雷(いかづち)の上に 廬(いほ)りせるかも

あをによし 奈良の都は 咲く花の にほふがごとく 今盛りなり

助松がそれを目で追う間、しづ子は歌を読み上げてくれた。難しい漢字も含まれていたが、その読み方も分かったし、何よりしづ子の歌声には心を揺さぶられるような気がする。

「『大君』というのは、天皇さまのことね。大君は神さまでいらっしゃるから、雷雲の上にお住まいになられている、というような意味よ。これは天皇さまの偉大さを称(たた)えた歌なの。『あをによし』は『奈良』を導き出す枕になっているのよ」

しづ子の言葉に、助松はうなずいた。これまでも、「裾」を導く「からころも」や、「衣」を導く「白妙(しろたへ)の」などの枕詞をしづ子から教えてもらっている。

「じゃあ、意味はあまり考えなくていいんですよね」

「ええ。青い土と書いて『あおに』と読むのだけれど、その青土が奈良で採れたことから生まれた言葉だ、と言われているの。他にも、奈良の都の青い甍と丹塗りの柱の彩りを表している、という説もあるわ。そんな美しい奈良の都は、花が香り高く咲いて満開だそうだ、と詠っているのよ」

「どちらも有名な歌なんですね。おいらでも覚えられそうです」

「文字に書くだけではなく、口に出して読んでみるのも、とてもいいことだわ。歌を作った人の思いが自分に乗り移ったように感じる時もあるのよ」

しづ子自身が本当にそう実感することがあるのだろうと、助松は思った。そのくらい、しづ子の朗詠は美しい。

自分もしづ子のように口ずさむことができたらいいなと思いつつ、助松は丁寧に手本を懐にしまい、しづ子の部屋を後にした。

二

その日の夜、助松はしづ子から渡された手本を使って、手習いをしていた。

（「あをによし」は「奈良」を引き出す枕なんだっけ）

しづ子に言われたことを思い出しつつ、筆を動かしていると、なぜか千蔭の顔が思い浮かんだ。

今日、しづ子の使いで八丁堀へ行った折、千蔭に会えるのではないかと期待していたのだが、生憎留守だった。

(お会いできたら、この歌のこと、いろいろ訊いてみたかったんだけどな)

歌の説明だけでなく、千蔭がこの歌をどう思っているのか、そんな話もしてみたい。さらに、千蔭はどんな歌が好きなのか、尊敬している歌詠みは誰なのか。

しづ子や多陽人との対話は教えてもらう一方で、助松もそれ以上のことを望んでいなかったが、千蔭は年が近い分、しづ子や多陽人に対するのとは違う。

そんなことを考えていたせいか、つい手の動きが止まってしまっていた。

「どうしたんだ」

と、父の大五郎から声をかけられ、助松は我に返った。

「ちょっと、他のことを考えてた」

「他のこと?」

「うん、お嬢さんに頼まれて、文をお届けしたんだけど、お留守だったから大丈夫かなって」

「お嬢さんというと、賀茂真淵先生のとこへのお使いか」

「そう。先生はお家にいらっしゃったんだけど、加藤の若さまはお留守だったんだ」

と、答えた後、助松は千蔭について父に語った。

「千蔭さまとおっしゃるんだけど、賀茂先生のお弟子なんだってさ。おいらと三つしか違わないのにすごいよね」

「ほう」

年の近い少年の話をする助松を、大五郎はめずらしいものを見るような目で見つめた。が、すぐに話を変え、

「ところで、お前が写しているのはお嬢さんが書いてくださった歌の手本か」

と、机の上に目を向けて問うた。

「うん、そう。『万葉集』の歌を書いてくださったんだ」

助松は手本を取って父に見せた。

「お父つぁんもこの歌を知ってる？」

父に問うと、手本にざっと目を通した後、「ああ」と父は答えた。

「どっちも有名な歌だからな」

「お嬢さんもそうおっしゃってた」

この二首の歌について、父が続けて何か言うかと思ったが、大五郎は助松に手本を返すと、

「ところで、近頃、お嬢さんに何か変わったところはないか」

と、再び話題を転じた。

「お嬢さんに？　変わったところってどんな？」

助松は怪訝な表情で問い返す。

「どんなことでもだ。お嬢さんご自身でなくても、お嬢さんの身の周りのことでもいい」

「それなら……」

助松は賀茂真淵の家に泥棒が入った一件をすぐに思い浮かべた。大五郎の目に鋭い光が宿る。それを見た瞬間、助松は賀茂真淵が『万葉集』がすり替わっていた件は内密に、と言っていたことを思い出した。

（ええと、泥棒に入られたこと自体は、別に秘密ではないんだよな）

助松は頭の中でそのことを確認し、改めて口を開いた。今になって何もないとごまかすのは、隠しごとがあると打ち明けるようなものである。父は決して見逃すことはないだろう。

「お嬢さんじゃないけど、賀茂真淵先生なら大変な目に遭われたよ」

助松が言うと、大五郎は表情を引き締めた。

「いったい、何があったんだ」

「一昨日の晩、泥棒に入られたんだ」

昨日、しづ子の供をして賀茂真淵の家へ行った時に聞いたと言うと、

「そうか。それで、昨日のお前は様子がおかしかったんだな」

と、大五郎は納得した様子で呟いた。

「泥棒の話を聞いて怖くなったんだろう」

自分はそこまで弱虫じゃないし、子供でもない、と思ったが、助松は黙っていた。

昨日、気持ちがもやもやしたのは、千蔭と自分を比べたからだが、それをうまく説明することは難しい。

「しかし、それはご災難だったな。確か、八丁堀にお住まいと聞いているが、大胆な泥棒もいたものだ」

少し驚いた口ぶりで、大五郎は言う。

「金目の物は盗られてなさそうだっておっしゃってたよ。田安さまから拝領したお品も無事だったって」

「それは、不幸中の幸いだった。とすると、泥棒は何も盗らずに帰って行ったというわけか」

「昨日はお弟子さんたちが荒らされたお宅の片付けをしてたよ。その時は盗られたものはないと言ってらしたけど、後のことは知らない。今日はお弟子さんにお文を渡し

てきただけだし」

「まあ、金目の物が盗られてなかったのはよかった」

　と、大五郎が安心した顔つきになったところで、「ねえ、お父つぁん」と、助松は改まった様子で呼びかけた。

「どうして、お嬢さんに変わったことがないか、お父つぁんは気にしてるの？」

「そりゃあ、前の時のことがあるからだ」

　と、父はわずかな躊躇いも見せずに答えた。

「富山藩のごたごたに、お嬢さんを巻き込んでしまった。その張本人のお父つぁんが言うのも何だがな」

　大五郎の表情に翳りが浮かんでいた。

　元は富山藩の武士で、辻辰馬といった父は、助松が物心つく前に、脱藩して伊勢屋の手代の大五郎となった。そして、二年前の秋に富山で行方知れずとなる。何者かに捕らわれ、山中の牢で殺されかけたのだが、後にかつて父を陥れた敵の仕業であったと分かった。その敵と通じていたのが、伊勢屋と取り引きのある富山の薬種問屋、丹波屋である。

　そのことを知った父は、伊勢屋平右衛門も敵ではないかと疑い、それを確かめるため、しづ子をさらった。実際は、しづ子が大五郎に進んで力を貸したのだが、娘をさらわれたと思い込んだ伊勢屋はしばらくの間、大騒動だったのである。

結局、平右衛門は富山藩の陰謀とも父の失踪事件とも関わりないと分かったのだが、そのことで、大五郎はしづ子にすまないと思っているのだろう。

「だからこそ、もうお嬢さんには危険な目に遭ってもらいたくない。もちろん、お前にもだ」

力のこもった声で続ける父の言葉に、「……うん」とうなずいた助松は、

「もしかして、富山の方で何かあったの」

と、不安を覚えて、父に尋ねた。富山には自分たちの親戚もいる。助松が知っているのは、この春、江戸へ来ていた従兄姉(いとこ)の辻主税(ちから)と千枝(ちえ)の二人だけだが、彼らには危ない目に遭ってほしくない。

「いや、そういうわけではない」

不安がる助松に、父は落ち着いた声で告げた。

「富山で何があろうとも、江戸には関わりないし、あちらでも事を大きくするつもりはないはずだ」

「でも、丹波屋はどうにかなっちゃうんでしょ」

悪事に加担していた丹波屋は、おそらく無事でいられないだろう。富山藩の武家の勢力図がどうなろうとも、今さら自分たちに関わりないが、丹波屋がつぶれれば伊勢

屋の商いに影響が出る。そもそも、伊勢屋の商いを支えているのは、丹波屋から仕入れている反魂丹なのだ。

「まあ、丹波屋はつぶれるだろうが、伊勢屋まで共倒れになることはないさ」

あまり深刻そうでない父の口ぶりが、助松にはごまかしているように聞こえた。

「でも、反魂丹が入ってこなくなることはないの？　今日、葛木さまがご注文なさった時にはちゃんとご用意できたけれど」

薬の在庫の状況などは手代以上でないと分からないのだが、それだけに反魂丹を切らすことになったらと心配である。

「ああ、まだ大丈夫だ」

と、父は安心させるように言った。助松は少し躊躇っていたが、父の方に顔を寄せると、

「お父つぁんは反魂丹を作れるでしょ。そのこと、旦那さんにはもうしゃべったの？」

と、ひそひそ声で尋ねた。父の目の中に警戒の色が浮かぶ。

「いや、まだ話していない」

父も低い声で答えた。それから、厳しい眼差しを向けると、

「しつこいようだが、お父つぁんが反魂丹を作れることは、誰にも言ってはならないぞ」

と、助松に念を押した。

「うん、分かってるよ」

「しかるべき時が来たら、ちゃんとお父つぁんから旦那さんに打ち明けるつもりだ」

富山の反魂丹の効き目は知れ渡っている。伊勢屋は高い金を払って富山から反魂丹を仕入れていたが、店に作れる奉公人がいれば、手間も金も省くことができ、平右衛門は大喜びするだろう。

だが、父はそれをずっと秘密にしてきた。理由を尋ねた助松に、伊勢屋が丹波屋との付き合いを断ってしまえば、丹波屋のことを調べられなくなるからだと答えた。自分が陥れられた富山藩の陰謀を暴きたいと願う父の気持ちは分かったし、だから丹波屋がつぶれるまでは内緒にする、という理由にも大いに納得できた。

今では、平右衛門も丹波屋の悪事を知っており、いずれつぶれると予測しているだろうが、その時、反魂丹の商いはどうするつもりなのだろう。今の話では、父はまだ平右衛門に反魂丹が作れることを打ち明けていないようだが……。

しかし、それ以上、助松がこの話に首を突っ込むことはできない。何となく心を残しながらも、口をつぐむと、

「ところで、お前もそろそろ本草学(ほんぞうがく)の書物を読み始めてみたらどうだ」

と、父は声の調子を変えて切り出した。

助松は幼い頃、自宅で反魂丹を作っていた父の手際を見て、その薬草の名前、丸薬を作る際の配分などをその場で覚えてしまったことがあった。父は助松に本草学の才能があることを見抜き、その方面に進んではどうかと勧めている。助松もその気になり、今では香蘇散の作り方などを、仕事が終わった後に教えてもらっていたが、薬草そのものを手に入れるのは容易ではないし、店の品に手をつけるわけにもいかない。だから、まずは書物をということのようであった。

「これは『養生訓』という書物だ」

父は部屋の隅の柳行李から冊子を取り出すと、助松に渡した。

「ようじょうくん？」

「ああ。貝原益軒という本草学の先生が書いた書物だ」

助松は表紙をめくってみたが、中は仮名文字も多いものの、読めない漢字もある。

「人の身は父母を本とし、天地を初とす。天地父母のめぐみをうけて生まれ……」

何となく分かるような気もするものの、しっかり理解するのは難しそうであった。

「おいらに読めるかな」

「これは、本草学者のための書物ではなくて、ふつうの人が健やかに暮らすために必要なことを記したものだ。本草学を志す者には同じく貝原先生の『大和本草』がいいんだが、それは難しくてお前にはまだ無理だろう。まずは『養生訓』から読んでいくのがいい」

　と、父は勧めた。

「知らない漢字を覚えがてら、手習いのつもりでこれを書き写していきなさい。すべて書き写せば、お前の書物になる」

　そう言われた時、助松は賀茂真淵が自分で書き写した『万葉集』の写本を持っていたことを思い出した。

「ただ字を目で追っていくより、書き写した方が頭に入るものだ。歌を書いて字を覚えるのもいいが、『養生訓』を書き写すのも、お前の役に立つだろう」

　父から力強い口ぶりで言われると、自分の中にも力がみなぎってくるようで、

「分かったよ、お父つぁん」

　助松は『養生訓』を手に、はきはきと答えた。

三

　それから三日後、昼八つに賀茂真淵宅へ到着するよう見計らって、しづ子と助松は伊勢屋を出た。

「葛木さまとはあちらでお会いするんですよね」

「ええ。葛木さまは平気だとおっしゃっていたけれど、加藤さまのお屋敷の場所をちゃんとお分かりになるかしら」

しづ子は少し心配そうだ。

「葛木さまなら大丈夫ですよ」

多陽人の力は絶対だと、助松は信じている。なぜそこまで強く言い切れるのかと、しづ子は首をかしげながら、

「でも、葛木さまはあちらへ伺うのは初めてなのよ。私が道順をお教えした時も、気を入れて聞くというふうではなかったし」

と、呟いた。

「葛木さまなら心配要りません」

相変わらず自信たっぷりにくり返す助松に、しづ子は笑い出した。

「助松ったらすっかり、葛木さまの信奉者になってしまって」

「だって、あの葛木さまがうろうろと道に迷っているところなんて、お嬢さん、想像できますか」

助松から言い返されると、

「確かに、想像はできないけれど……」

と、しづ子は呟いたものの、完全に納得した様子ではない。

やがて、助松にも見慣れた加藤家の屋敷の門が目に入ってきた。前に二度来た時と同じ門番が立っている。

「ここで、葛木さまとお待ち合わせですか」

助松が問うと、「いいえ」としづ子は答えた。

「ご門前で人を待つのもご迷惑でしょうし、賀茂先生のお宅で会うことにしているの。葛木さまのことを門番の方に伝えておいてくださるよう、先生にお頼みしておきましたから」

しづ子と助松が門前まで進むと、すでに顔見知りとなった門番が顔を和らげた。

「賀茂先生のお宅へのご訪問ですな」

「はい。実はもう一人、お邪魔することになっているのですが、その人はもうここを通られたでしょうか」

「いえ、まだお見えになってはおりません」

多陽人については、話がきちんと通っているようである。

「では、後ほど参ると思いますので、よしなにお願いいたします」

門をくぐり抜けて賀茂家の方へ進むと、やがて、目印の青紅葉（あおもみじ）の木が目に入ってきた。と同時に、その下に立つ千蔭の姿も見える。

「お嬢さん、大変なことになりました」

千蔭はしづ子の挨拶も待たずに、慌てた様子で声をかけてきた。

「いったい、何があったのですか」

「昨日も――」

と、興奮気味に言いかけた千蔭は、外でしゃべるのはまずいと気づいた様子で口を閉ざした。

「とりあえず、お宅の中へ」

千蔭から促されたしづ子と助松は、この日は表の玄関口から中へ入った。

先日と違って静まり返った家の廊下を奥へと進み、離れの部屋まで到着すると、

「伊勢屋のお嬢さんがお見えになりました」

と、千蔭が中へ声をかける。

「どうぞ」

真淵の声がして、三人は部屋の中へ入った。真淵は落ち着いていたが、どことなく先日よりも疲れているふうに見える。

「先生、大変なことがあったと伺いましたが……」

しづ子が気がかりそうに尋ねると、真淵と千蔭は顔を見合わせた。千蔭が首を小さく横に振り、まだ話していないと伝える。真淵は重い溜息を漏らすと、

「実は昨晩も何者かに家へ押し入られたのです」

と、ひと息に告げた。

「えっ……」

と、声を出していたことに、しづ子も助松も気づかなかった。

「用心が足りぬと迂闊さを責められるところですが、今度の賊は家の中を荒らしてもいきませんでした。ただ、例のものだけがなくなっていたのです」

「例のものとは、『万葉集』の……？」

緊張した面持ちで問い返すしづ子に、真淵はうなずいた。

「前の時は、例の写本は書斎ではなく、居間の箪笥に入れて鍵をかけておいたのです。しかし、昨晩は書斎に置いておりました」

その書斎から、例のすり替わった写本二冊だけが盗られていたのだという。

「どうして、場所をお移しになられたのですか。そのままにしておけば、無事だったかもしれませんのに」

しづ子の問いに対して、「それは……」と真淵が口を開きかけた時であった。

「しっ。誰か来る」

低く鋭い声で呟いた千蔭は静かに立ち上がると、戸口まで進んだ。用心深く戸を開けた千蔭は、そろそろと廊下に顔を出した後、「あなたは……」と、訝しげな声を上げた。助松が千蔭に続いて戸の外へ顔を出すと、

「おや、助松はん」

こちらへ向かってくる多陽人がのんびりした様子で、声をかけてきた。

「何――」

千蔭が多陽人と助松の顔を交互に見ながら、驚きの声を出す。

「葛木さまです。今日、おいでになるはずの――」

多陽人と初対面になる千蔭に、助松が説明した。

「どうしてあなたが一人でここへ？　玄関で案内を乞わなかったのですか」

「玄関で声はかけましたで。けど、返事がなかったさかい、勝手に上がらせてもらいました」

多陽人は飄々とした調子で答えた。

「そうだとしても、この家へ初めていらしたあなたには、どこへどう進めばいいか、分からないでしょうに」

迷う様子も見せず、こちらへまっすぐ向かってきた多陽人に、千蔭は何となく不審な印象を抱いた様子である。

「初めてではおへんさかい」

と、答えた時にはもう、多陽人は戸口の前まで来ている。

「遅うなりました」

多陽人は千蔭の横をすり抜け、部屋の中へ入って来た。

「ああ、葛木殿」

と、多陽人に声をかけた真淵に、今度はしづ子が目を瞠る。

「どうして先生が葛木さまのことを――？　お二人は初めてお会いするのですよね」

「実は、初めてではありません」

真淵が困惑気味に答えた。

「初めてではないって、一体どういうことでございますか」

「お嬢はん、まあ、落ち着きやす」

多陽人がしづ子の傍らに座って言う。

「落ち着いてなどいられません。だって、私がそれぞれにお話しした時には、お二人とも何もおっしゃいませんでしたのに……」

しづ子がいつもの倍くらいの早口で言った。

「お嬢はんが賀茂先生に私の話をしはった時も、私に賀茂先生のご依頼を伝えてくれはった時も、我々は会うてまへんからな」

「それなら、この三日の間に、お二人はお会いになったのですか」

「その通りどす」

多陽人は平然と答えた。

「つい昨日のことどす。私がお邪魔して、賀茂先生とお会いしましたのや」

「今日お引き合わせすることになっていたのに、どうして……？」

わけが分からないという様子で、しづ子が呟く。

「まあ、それは後でゆっくりと説明しましょう。その前に葛木殿にお知らせせねばならぬことがあります」

と、真淵が多陽人に目を向けて切り出した。すると、

「例の写本を持って行かれてしもた、という話どすか」

と、先回りして多陽人が尋ねた。

「その通りです。葛木殿に言われた通り、写本を書斎に移したらすぐ、こういうことになりました」

やりきれなさのこもった声で、真淵が訴える。

「せやけど、先生ご自身はご無事でおられる。他に盗られたものはおへんのやろ」

「盗られたのは『万葉集』の写本二冊だけ、壊されたものもありません」

「それは、よろしおした」

多陽人がこの時だけは、存外真面目（まじめ）な口ぶりで言った。

「簞笥に入れていれば、鍵を壊されてたかもしれまへん。先生が脅されて鍵を開けるよう強いられたかもしれまへん。そうならへんかったのはよろしおした」

ていた。

「待ってください」

その時、千蔭が割って入った。

「まるで昨晩賊が入ることを分かっていて、写本の場所を移す指示をしたとおっしゃっているようですが」

多陽人を見据える千蔭の眼差しは、険しいものになっていた。

「へえ。そうなるかもしれへんとは思うてました」

と、多陽人は涼しい顔で言う。そんな言い方をすれば、千蔭の疑惑を煽るだけだと分かっているだろうに、それを避けようという気持ちはまったくないらしい。

「賀茂先生は泥棒に入られた一件で、助っ人——まあ、この私のことどすが——を今日この家へ呼び寄せる。その話は先生のお弟子はんや使用人、それに、お屋敷の門番はん、大勢の人が知ってはりましたな」

多陽人は真淵、しづ子、千蔭の顔をゆっくりと見回しながら問うた。

「それは、そうでしょう。門番に知らせておいてほしいと、しづ子殿の文にも書いてありましたし」

真淵が言い、「私宛ての文にもそう書いてあった」と千蔭が続けた。二人とも門番にそのことを知らせ、他の者にも特に隠さなかったという。

「私は、葛木さまからそうするようにと言われたので……」

しづ子が困惑した眼差しを多陽人に向けて言った。

「その通りどす。私がお嬢はんにそう文に書いてほしいと頼みました。これで、賊は追いつめられたんどす。写本を取り返すなら昨晩までが勝負や、と」

「では、今日、葛木殿がここへ来ると知っていた誰かが、賊にそのことを知らせたというのですか」

「まさか、我が家に賊の仲間がいるということではありますまいな」

千蔭と真淵が目を瞠って、口々に言う。

「いや、最近になって雇い入れた使用人や、弟子入りしたという人でもない限り、それはおへんと思います」

もちろん門番の人が怪しいわけでもおへん、と多陽人は千蔭に目を向けて続けた。賊が真淵の家の情報を聞き出そうとすれば、本人にそれと気づかせぬうちに口を割らせることなど容易(たやす)いはずだと、多陽人は言った。

「どっちにしても、これで賊の狙いは分かりました」

多陽人はさばさばした口ぶりで言う。緊張感の欠片(かけら)もなかった。

「しかし、それでは何の解決にもなっていません。盗ったのが何者であれ、不当な手段で持ち去ったのは間違いない。あの写本には気になる箇所があり、それを葛木殿にご相談したかったが、それもできなくなってしまった。肝心の写本が手もとにないのでは……」

真淵がはあっと大きな溜息をこぼした。

「そのことなら、お気になさる必要はおへん」

と、多陽人はあっさり言う。

「気にする必要がないとはどういう……？」

真淵が怪訝そうな目を多陽人に向けた。

「昨日、見せてもらったやおへんか」

「見せたと言えば、確かにお見せしましたが」

「どこが気になるのかも、先生にご説明いただきました」

「それも、おっしゃる通りだが……」

「その箇所はここに入ってますさかい」

多陽人は自分の頭を指さして告げた。呆気（あっけ）に取られた真淵の口からは、何の言葉も出てこなかった。

第三首　たまもかる

一

賀茂真淵から紙と筆を宛てがわれた葛木多陽人が、さらさらと何やら書きつけている間、加藤千蔭はその様子を鋭い目で見つめている。

「ええと、お嬢さん」

気まずい雰囲気に耐えきれず、また混乱する頭の中を整理したいという気持ちから、助松はしづ子に声をかけた。しづ子もまた、まだ混乱から脱け出せぬような表情を浮かべている。

「葛木さまは昨日のうちに、お嬢さんにも内緒でこちらへいらっしゃって、賀茂先生から『万葉集』の本を見せてもらっていたということなんですね」

小声で助松は尋ねた。

「……そうなのでしょうね。先ほどのお話からすれば」

しづ子は戸惑った顔つきで答えた。

「葛木さまがそんなことをしたのは、つまり賊の裏をかいたということですか」

「裏をかいた？」

「はい。葛木さまがここに来るのは今日だってわざと知らせて、実は昨日こっそりここへ来て、写本に目を通してたってことですよね」

助松が考えをまとめるような調子で、懸命に言うと、「ほう」と賀茂真淵が目を助松に向けて呟(つぶや)いた。

「先日も感じたが、助松さんはずいぶん賢いですな」

助松が突然のことに驚いて返事をしかねていると、

「そうなんどす」

と、多陽人が横から口を挟んできた。とはいえ、目は紙に向けたまま、筆を持つ手も動き続けている。

「頭の回るお子やさかい、私の思惑もちゃあんと分かってくれてますのや」

多陽人の言葉に、しづ子が不満そうな眼差(まなざ)しを多陽人に送った。が、多陽人は気にするふうもなく、顔を上げる気配もない。

「私から説明せなあかんところやけど、今は手が空いてまへんさかい、先生から話してやっておくれやす」

多陽人の言葉を受け、真淵が「分かりました」と言い、しづ子、千蔭、助松の顔を順に見た。

「おおよそは、助松さんの言う通りですよ。葛木殿が今日ここへ来ることを、門番殿を含めこの家に出入りする人々の耳に、あえて入るよう仕向けた。どこかで我が家の様子をうかがっていた賊にも、この話が伝わることを想定してのことです」

「しかし、賊が先生の弟子やお宅の使用人に化けることは無理でしょう。他人の家の内情を聞き出すのは、それほど容易(たやす)いこととは思えませんが」

千蔭がまだ了解できないという面持ちで口を挟んだ。

「それは、やり方次第でしょう。出入りする物売りに化けてもいいですし、その物売りから聞き出してもいい。私自身が隠し立てせず話していたことですから、弟子や使用人、門番殿が何の気なしにしゃべってしまっても不思議はありません」

真淵は丁寧に答え、千蔭が納得するのを見届けてから先を続けた。

「その上で、葛木殿は昨日、ひそかに私のもとを訪ねて来られた。正体を知らされたのは私だけですから、そのことは漏れようがありません。葛木殿は写本に目を通された後、それを書斎の目につく場所に移すよう、私に指示しました。その意図は私も先ほど知りましたが、要するに写本を盗ませることで賊を安心させ、これ以上、私の周辺に危害が及ばぬよう取り計らってくれたのですな」

真淵が一通りの説明を終えたところで、まるで計ったかのように、多陽人が筆を置いた。

「賀茂先生、お手間をおかけいたしました」

「今の説明でよろしかったのでしょうか」

真淵が尋ねると、多陽人が満足そうにうなずいた。

「へえ。賊の狙いがあの写本かどうかを確かめるため、そうであった場合、これから先、先生が難に遭わへんよう、手を打たせてもらいました」

賊は写本さえ取り返せば、仮に中を見られていても大丈夫だと、高をくくっているだろう。なぜなら、手を加えられていた箇所は仲間内にしか分からぬ符牒（ふちょう）となっており、すぐに読み解けるようなものではないからだ。もちろん書き写される恐れもないわけではないが、真淵がそこまでする理由はないし、現にしていなかった。

「その箇所ですが、先ほど、葛木殿はすべて頭に入っている、と――？」

だから、写本を取り戻した賊は、今のところ安心しているはずだと、多陽人は言う。

真淵が多陽人に怪訝（けげん）そうな目を向けた。

「その通りどす」

「しかし、あれは一か所ではなく、多岐にわたっていて……」

「せやさかい、すべてを書き写すのには手間がかかりました」

そう言って、多陽人は先ほどまで書き記していた紙を、机の上から持ち出し、真淵の前に並べて置いた。まだ一部、墨が乾き切っていない紙が三枚ある。

（うわっ）

助松は心の中で声を上げた。多陽人の字は流れるように美しいのだが、それは決して読みやすいものではなかったのだ。

右側と真ん中に置かれた二枚の紙には、ひらがなばかりが延々と書き連ねられている。読めない字が一つもないのはありがたいが、一字も漢字が入らぬ文を読むのは骨の折れる仕事だった。

漢字を多く知る者ほどその違和感は強いらしく、千蔭もしづ子も助松以上に茫然としている。驚いていないのは真淵一人で、しばらく文字に目をやっていたが、

「確かに、あの写本にあった符牒のようです。もっとも、私は暗記していたわけではないが、いくつか記憶に残っている歌で間違いないと思う」

と、割合落ち着いた声で告げた。

（符牒は歌……だったのか）

真淵の言葉を聞き、助松は気を取り直して、再び紙に目を向けた。実は読もうという気持ちにすらなれなかったのだが、歌と分かれば、取りあえず読んでみようと思えてくる。

（五、七、五、七、七で、切っていけばいいんだから）

読み進めていく目安ができた。まず右端に目を向けると、ここだけは漢字で「巻三」と書かれている。

（写本は巻三と巻十四の二冊あったんだから、一冊目ということだろうな）

その次を見ると、「たまもかる」と書き始められていた。

たまもかる　みぬめをすぎて　なつくさの　のしまのさきに　ふねちかづきぬ

取りあえず、音で切りながら字を確かめていったが、ただひらがなを当てていくというだけのことで、内容がまったく頭に入ってこない。三十一文字目の「ぬ」を読み終えた時点で、助松は目が疲れてしまった。

それ以上読もうという気になれず、紙から目を離して、瞬（まばた）きをくり返す。

しづ子と千蔭は『万葉集』を知っているだけに、内容が頭に入ってくるのか、助松があきらめた後もなお、じっと紙に目を向け続けていた。しかし、その横顔はどちらも苦しそうである。

「まあまあ」

多陽人が軽やかな声をかけた。

「そない無理して読もうとせんかて、かましまへん」

「しかし、葛木殿。あなたがこれを読めと――」

顔を上げた千蔭が多陽人に言うと、

「読めとは言うてまへん」

さらりと多陽人は言い返した。千蔭の目の中に不満の色が浮かび上がる。

「これをそのまま読むのは骨が折れるでしょう。しづ子殿も千蔭殿も無理をしない方がいい」

とりなすように、真淵が言った。

「実は、例の写本には、ひらがなのみで書かれた歌が混じっていたのです。他の歌は漢字とひらがなを取り混ぜて書かれているのに、ここにある六首だけはひらがなのみで書き改めた紙が上から貼り付けられていた」

巻三に六首、巻十四に六首、それぞれひらがなのみの歌があり、多陽人はそれを見覚えていて、そのままの形で書き記したということであった。

「漢字を交えたものも書きましたさかい、御覧になるなら、こちらをどうぞ」

多陽人がそう言って、机の上からさらに別の紙を取り出し、一枚ずつしづ子と千蔭に差し出した。千蔭は不服そうな表情を隠さなかったが、二人はそれぞれ受け取った紙に目を通し始める。

しづ子が誘ってくれたので、助松は一緒にその紙を見つめた。

たまもかる　敏馬(みぬめ)を過ぎて　夏草の　野島(のしま)の崎に　舟近づきぬ

あまざかる　鄙(ひな)の長道(ながち)ゆ　恋ひ来れば　明石(あかし)の門(と)より　大和島(やまとしま)見ゆ

倉橋(くらはし)の　山を高みか　夜(よ)ごもりに　出(い)で来る月の　光乏(とも)しき

名くはしき　稲見(いなみ)の海の　沖つ波　千重(ちへ)に隠(かく)りぬ　大和島根(やまとしまね)は

み吉野の　滝の白波　知らねども　語りし継げば　古(いにしへ)　思ほゆ

浅茅原(あさぢはら)　つばらつばらに　もの思(も)へば　ふりにし郷(さと)し　思ほゆるかも

今度は漢字が混じっているので、見ていて疲れることもなく自然に目を通すことができた。助松には読めない漢字もあったが、畳の上に置かれたままの、ひらがな書きの歌を見れば、読み方を確かめることができる。

（うーん、お嬢さんから説明してもらわないと、ほとんど意味が分からないや）

心の中で思ったが、さすがにこの場で意味を問うことはできなかった。

（一番目の歌がまだ何となく意味が分かるかな）

他の歌はあきらめ、一首目だけもう一度しっかり読み込んでみる。

初めの「たまもかる」はさっぱりだが、「馬」という字があるから、馬に乗ってどこかへ行くという意味ではないか。「野島の崎」はおそらく地名で、「夏草」が生い茂っているらしいとも分かる。そこに船が近付いてきたというのだから、夏の海の景色を詠んだものなのだろう。そんなことを思っていたら、

「お嬢はんが見ているのが巻三の写本、そちらの若さまが御覧になっているのが巻十四の写本どす」

と、多陽人が説明した。

「まあ、歌の意味やら、どないな意図で選ばれたのかは、おいおい考えていくとして、今は六首ずつひらがなのみの歌があったことだけ、覚えておいてもらえばよろしおすやろ。そして、最後にこれや」

多陽人はそう言い、畳の上に置かれた三枚の紙のうち、真淵から見ていちばん左の紙を取り上げた。その紙だけは残る二枚と違い、漢字ばかりが書き連ねられている。

巳壱申参丑肆戌肆
三二一四二一四五三一一四一
三四三三一四六三五一四四

「これは何ですか」

　しづ子が首をかしげた。

「符牒やさかい、そない容易うは読み解けまへん。この三行はどっちの写本にも、最後の一葉に書き込まれてました」

　多陽人が説明した。ただ、この記述にも不審な点はある。一行目はおそらく干支と数字の組み合わせで、通常の漢数字ではなく、「壱、弐、参」という大字が用いられている。二行目と三行目は通常の漢数字の羅列だが、どうして一行目と二、三行目で数字の書き方に違いがあるのか。

「干支と数字は、日付や時刻を示しているかとも思われますが……」

　千蔭がふと思いついたように言う。

「その見込みはあるでしょう。ただし、和歌との関わりも考えねばなりません」

　真淵が慎重な口ぶりで言葉を返した。

「さて」

　その時、多陽人が場を仕切り直すような声を発した。何となく皆が驚いた表情で、多陽人を見つめる。

「ここから先は、賀茂先生のお心次第どす。そこで伺いますが、先生はこの先、どないすることを望んではりますか」

「望み、ですか」

「先生は私に依頼をするおつもりやと、お嬢はんから聞いておりますが」

「おっしゃる通りです」

真淵はうなずいた後、少し考え込む様子で沈黙していたが、ややあっておもむろに口を開いた。

「当初、私が考えていたのは、あの写本の符牒を読み解いてもらうことでした。その上で、この先、どうすればよいか、考える目安にしようと思っていたのです。しかし、あの写本は私の手もとから消えてしまいました。葛木殿の見立てによれば、ひとまずの懸念は晴れたことになるのでしょう」

「へえ。あれを持っておられる限り、先生は狙われる恐れがありました。というて、下手に捨てることも、田安さまのお屋敷へ届けることも、身を危うくすることどした。せやけど、今はもう、先生があれを忘れはる限り、危ういことは起こらんと思います」

「とはいえ、そのせいで、他の誰かの身が危うくなるようなことになれば……」

「それは何とも言えまへんな。相手方が執拗に狙ってきたことからすると、どえらい秘密やったのかもしれまへんが、写本の渡った相手が悪者とも限りまへんし」

「しかし、悪者ならば、誰かの身が危うくなるのを、私が見過ごしたことになる」

真淵は自分自身に言い聞かせるように言った。

「ほな、先生は……」

と、言いかけた多陽人の言葉は、真淵によって遮られた。

「写本は消えましたが、ひらがなの歌と書き込みは幸いここにそろっています。葛木殿にはそれを読み解いていただきたい。その先のことは、また改めて考えましょう」

「分かりました。ご依頼はお引き受けいたしまひょ」

多陽人は気負った様子も見せずに言った。

「しかし、しづ子殿と千蔭殿はここまでということにしてください。まさか写本が再び狙われることもあるまいと、先日は私も甘く考え、今日、二人を同席させてしまった。申し訳なく思っています」

「同席は私が望んだことでございます」

すかさず千蔭が言った。

「先生がこの一件の解決を望んでおられるのなら、私にもそれを手伝わせてください。私は葛木殿のお手伝いをいたしたいと思っております」

「千蔭殿の気持ちはありがたいが、この先、何があるか……」

歯切れの悪い真淵の物言いに対し、

「先生、私もせめて符牒の読み解きくらいはお力添えさせてください」

と、しづ子が千蔭に負けぬ真剣さで言う。

「先のお話ならば、符牒が先生のお手もとにあるとは、賊も思っていないでしょう。ならば、このことを外へ漏らしさえしなければ、大事はないと存じます」

真淵が困ったような眼差しを、多陽人に向けた。

「今のところ、余所（よそ）へ漏らさへん限り、危ういことはないと思います。符牒の読み解きに力を貸してもろても差し支えはおへん。こういうもんは、何人かの知恵を出し合うことで早う読み解けることもありますさかい」

多陽人の言葉に、しづ子と千蔭が力を得た様子でうなずき合う。真淵は不安そうな表情を浮かべたままではあったが、それ以上反対はしなかった。

こうして、しづ子と千蔭はそれぞれ、多陽人の記した符牒を自ら写し取ることになった。千蔭はひどく手慣れた様子で筆を動かしており、助松がその手もとをのぞき見ると、濃淡のくっきりした鮮やかな筆跡が目に飛び込んできた。

（何てきれいで、大人びた字を書かれるんだろう）

助松はひそかに感嘆の息を吐いた。

二

その日の帰り道のこと。

「帰ったら、おいらにもさっきの、書き写させてください」

助松は勢いよく、しづ子に頼んだ。

「えっ、助松も一緒に考えてくれるというの？」

しづ子は虚を衝かれた様子で訊き返す。

「おいらは歌のこともよく知らないし、お嬢さんや千蔭さまのようにお役には立てないと思いますけど」

「いえ、そうではなくて、危険なことかもしれないのよ」

自分が手伝いを申し出る時は熱心だったしづ子だが、助松を手伝わせることには慎重な態度を見せた。

「危険ならなおさら、おいらがお嬢さんのおそばで目配りしないといけないじゃないですか」

助松は熱心に言った。

「でも……」

「葛木さま」

助松は助けを求めるように、後ろからのんびり歩いて来る多陽人を振り返った。

「おいらだって、先生や葛木さまのお力になりたいんです。おいらがこんなことを言うのはおかしいですか」

「別に、おかしなことやおへんやろ。助松はんは賢いお子やし、力になってくれるかもしれまへん」

多陽人は躊躇(ためら)うことなく、あっさり答えた。

「確かに、助松は賢い子ですけれど……」

「さっきも、賊の裏をかいた私の意図をすぐに読み取らはったし」

「確かに、その通りですけれど……」

しづ子はなかなかうんと言わない。

「助松はんは、歌のことはお嬢はんほど分かってないやろけど、そこはお嬢はんが教えてやったらええのやないどすか。教えるの、嫌いやおへんやろ」

しづ子が答えるより先に、助松はすかさず口を開いた。

「ぜひお嬢さんが教えてください。あ、もちろん他の人には知られないように」

「お嬢はんに歌の手本にしてもらえば、ええのやおへんか。仮に誰かに見られたかて、変に思われへんやろ」

多陽人がのんきな調子で言うと、

「余所へ漏らさないようにとおっしゃったのは、葛木さまではありませんか」

と、しづ子があきれた様子で言い返した。

「用心は大事やけど、あまり隠そうとすると、かえって感づかれてしまうもんどす。隠しごとを漏らさんいちばんの秘訣は、いつも通りに振る舞うことやな」

「なるほど、よく分かりました」

助松は勢いよく首を縦に動かした。

「じゃあ、お嬢さん。いつものお手本ということで、さっきお書きになった紙を貸してください。おいら、すぐに書き写して、お嬢さんにお返ししますから」

もう決まったことのように言うと、しづ子は仕方なさそうに苦笑を浮かべた。

「それなら、家へ帰ってから、私がちゃんとしたお手本を作ってあげるわ。ただし歌だけよ。それでいいわね」

要するに、最後の干支と数字の符牒はお預けということだ。あれを見ても、自分に何かが分かるとは思えなかったから、助松はすぐに承知した。

「おいらも頑張って考えます」

助松は力強く言い、しづ子と多陽人を交互に見た。

前の時は多陽人の力を借りるばかりで、自分では何もできなかったが、今度は人の力になりたいと思う。

千蔭に負けたくないというのではないが、あまり差をつけられたくはない。そんな気持ちもあった。

(そのためには、さっきの歌をまずは分かるようにならなけりゃ)

伊勢屋に着いたらさっそくお嬢さんに教えてもらおうと、助松は胸を膨らませた。


助松がしづ子から例の歌が記された手本を渡されたのは、その日の仕事が終わった後のことであった。帰ってからの助松は暮れ六つ(午後六時頃)の店じまいまで仕事をしていたのだが、しづ子はその間に手本を作ってくれたのである。

「こちらが『万葉集』巻三で、こちらが巻十四よ。六首ずつあるから、今まで渡してきたお手本より多いわね」

二枚に分けて書かれた手本は、いつもより小さな字で書かれていた。十二首の意味をいきなり教えてもらっても、すべては覚えられないだろうから、取りあえず、巻三の六首から取り組んでみようかと思う。

「符牒とは、自分たちにだけ分かる仕組みで記したものなんですよね」

「そうね。たとえば、ある文字を抜くと意味の通る文になるとか、逆にある文字を入れると意味の通る文になるとか、そんな感じかしら」

「お嬢さんはこの歌で、何か気づきましたか」

　助松は意気込んで尋ねたが、しづ子からはそんなに容易く分かったら苦労はしないと笑われた。

「初めの文字をつなげて読んでみたり、一句ごとの初めの文字、終わりの文字をつなげて読んでみたりもしたのだけれどねえ」

　成果は上がっていないらしい。

「お嬢さん、この初めの『たまもかる』の歌の意味だけ教えてくださいませんか」

　助松が頼むと、しづ子は「もちろんよ」とすぐに承知した。

　たまもかる　敏馬（みぬめ）を過ぎて　夏草の　野島（のしま）の崎に　舟近づきぬ

　しづ子の滑らかな筆遣いで書かれた歌に、助松は改めて目を据えた。

「『たまもかる』というのは『敏馬』という言葉を導く枕なの」

「この前の『あをによし』も『奈良』を導く枕でしたよね」

「そうそう。『奈良』も地名だけれど、『敏馬』も地名なの」

「えっ、地名だったんですか。馬ってあったから、おいら、馬に乗ってることを詠（よ）んだ歌なんだと思いました」

驚いた助松の言葉に、しづ子は微笑(ほほえ)んだ。

「助松は『馬』という字を知っていたから、漢字で書かれると、そう思ってしまったのね。逆にひらがなで『みぬめ』と書かれれば、何のことか分からなかったでしょうけれど」

続けて、「敏馬」とは海岸の地名であり、「たまもかる」とは海藻の「藻」を「刈る」ことなのだと、しづ子は教えてくれた。「玉藻」というように「玉」をつけるのは、美しいものを褒める時の言い方で、「玉垣」「玉くしげ」なども同じだという。

「枕の言葉は深い意味を考えないでもいいのだけれど、地名にかかる時は、その土地と縁のある言葉ということが多いわ。ほら、『あをによし』も、青土が奈良で採れたからだっていう説について話したでしょう?」

「はい。『敏馬』は藻の採れる海岸だから、『たまもかる』という枕がつくんですね」

「その通りよ。それからね、『夏草の』も枕で『野』から始まる地名につくの」

「そうなんですか。じゃあ、野島の崎に夏草が生えているわけじゃないんですね」

「……生えているかもしれないけれど、そこはあまり問題とはしていないってことかしら」

しづ子は考え込む様子で呟いた後、

「助松と話していると面白いわね。野島の崎に夏草が生えているかどうかなんて、私、考えてみたこともなかったもの」

と、助松に笑顔を向けて言った。

「そうなんですか」

助松はむしろ驚いた様子で訊き返す。

「ええ。『野』のつく地名に『夏草の』という枕がつくのは当たり前、と考えていたからだと思うわ」

本当はその土地へ足を運び、奈良では本当に青土が採れるのか、野島の崎には夏草が生えているのか、自分の目で確かめようと考えるべきだった。教えられたことをそのまま鵜(う)呑(の)みにするだけの自分は恥ずかしいと、しづ子は呟いた。

「ええと、それじゃあ、この歌は『敏馬を通り過ぎて野島の崎に舟が近付いた』って意味でいいんですね」

助松が改めてしづ子に尋ねると、少し間を置いた後、

「そうね。それでいいと思うわ」

と、しづ子は答えた。それから少し首をかしげつつ、

「意味だけを聞くと、これという内容を含んでいないように思えるでしょう？」

と、続けて問う。助松はうなずいた。

「でも、この歌は『歌聖(かせい)』と言われる柿本人麻呂(かきのもとのひとまろ)という歌詠みが作ったものなのよ」

「大伴家持公のように、すばらしい歌詠みなんですか」

「ええ。大伴家持公より前の時代の人だから、家持公も尊敬していたと思うわ。身分や地位はそれほど高い人ではなかったのだけれど」

「そうなんですか。でも、そんなにすごい人の歌なら、うわべの意味だけで分かったつもりになっちゃいけないってことですね」

「助松の言う通りだわ」

しづ子は満足そうにうなずいた。

「江戸に住んでいる私たちには分からないけれど、きっとこの歌が作られた時は、皆が『敏馬』や『野島の崎』と聞けば、その海辺の景色がすぐに思い浮かんだのではないかしら。地名を続けて詠み込むことで、船が海の上を動いていくありさまを言い表したのだと思うわ」

「そう聞くと、おいらにも海岸の景色と舟の姿が浮かんでくるような気がします」

「助松が思い浮かべているのは、大川を流れてるような川舟でしょう?」

「そうですけど、おいら、そういう舟しか見たことないですし」

「私もないわ。でもね、この歌で詠まれているのは、きっとものすごく大きな船よ。海を漕いでいく船なんだもの」

そう言われると、見たこともないというのに、川舟の何倍も大きな船が頭の中に思い浮かんだ。

「そういえば」

しづ子がふと何かに気づいたという様子で、急に文机（ふづくえ）の方へ向き直ると、そこに載っていた紙を手に取った。それは、しづ子が賀茂真淵の家で書き写してきた紙である。そのうちの一枚をじっと見つめながら、

「巻三の六首の歌には、すべて地名が詠まれているわ」

と、しづ子は呟くように言った。助松もすでに渡されていた手本に改めて目を向ける。二首目以降の歌は意味が分からないものの、地名らしき言葉を探していくと……。

　あまざかる　鄙の長道ゆ　恋ひ来れば　明石の門より　大和島見ゆ
　倉橋の　山を高みか　夜ごもりに　出で来る月の　光乏しき
　名くはしき　稲見の海の　沖つ波　千重に隠りぬ　大和島根は
　み吉野の　滝の白波　知らねども　語りし継げば　古思ほゆ
　浅茅原　つばらつばらに　もの思へば　ふりにし郷し　思ほゆるかも

「二首目には『明石の門（と）』と詠まれているわね。『門』というのは水門（みなと）のことよ。二つの陸地に挟まれて、海が狭まったところをいうの」

しづ子が順に地名を挙げて説明してくれた。三首目は『倉橋の山』、四首目は『稲見の海』、五首目は『み吉野の滝』、六首目は『浅茅原』がそうだという。

「これは、何か意味があるのでしょうか」

「そうね。名所を詠んだ歌はそもそもたくさんあるし、たまたまかもしれないわ。だから、軽々しく答えは出さない方がいいでしょう。海の歌に、山の歌、滝に野原、詠まれている景色もばらばらのようですし」

「分かりました。これからおいらも一生懸命考えます」

助松はしづ子から渡された手本をしっかりしまい込み、真剣な表情で言った。

「あ、あのね、助松」

しづ子がいつになく躊躇(ためら)いがちに声をかける。

「このことは外には漏らさないという約束だったけれど、そなたは大丈夫?」

「大丈夫です。おいら、約束を破ったりしません」

助松は声に力をこめて答えた。

「そなたを疑っているわけではないの。助松は長屋で大五郎さんと一緒に寝起きしているでしょ。この手本を大五郎さんの目につかないようにすることはできるのか、心配して訊いたのよ」

「……それは」

そう言われると、助松もはきはきと返事をすることができなくなった。

父は助松の手もとをあえてのぞき込むようなことはしない。だが、隠れてやっているわけではないから、その気になれば、父が手本をのぞき見ることはできるだろう。手本自体は万葉集の歌なのだから、変に思われはしないだろうが、賀茂真淵の家に泥棒が入ったことは父も知っている。

「ことさら隠そうとすれば、かえって怪しまれるわ。このことは葛木さまも言ってらしたけれど」

「確かに……」

助松は力を失くした声で呟いた。それならば、どうしたらいいのだろう。手習いをしながら、符牒の謎解きをしようと思っていたのだが、手本を見ることができなければ何も進まない。

「用心に越したことはないわ。大五郎さんのいる席ではこの手本は出さない方がいいと思うの」

「…………」

「約束できるわよね、助松」

しづ子はさらに念を押した。

「……はい」

助松はうな垂れるように首を動かした。

三

しづ子と助松が伊勢屋で手本のやり取りをしていた頃、神田に暮らす多陽人は外回りの仕事を終えて帰って来たところだった。

外回りでは、伊勢屋の主人のような上客のもとへ足を運び、占いをしたり、風水の助言をしたり、場合によっては薬の処方などもする。占い師を自称する多陽人の客とは、皆が皆、何らかの悩みごとを抱えており、それが体の苦痛であることも多い。伊勢屋の主人が多陽人の客となったきっかけも、薬ではどうしても治せない腰痛を治してほしいというものであった。

多陽人の占いや処方によって悩みが解決した人々は、一様に感謝し、人によっては神か仏でも崇めるような態度を取る。そういった中には金持ちもいるが、彼らは礼金を弾むだけでなく、一つの悩みが解決した後も、多陽人を自分のそばに置きたがった。

伊勢屋の主人は腰が治った後も、多陽人を呼んではさまざまな助言を聞きたがったし、今、暮らしている住まいの家主は多陽人の客でもあった。その家主は自分が住んでいる屋敷の隣に一軒家を建て、ぜひともそこに住んでほしいと多陽人を説得したのである。

家賃も要らぬ、好きな時に出て行ってくれていい、とにかく江戸にいる間だけでもここに暮らしてほしい――そんな破格の申し出を受け、多陽人は神田のお大尽の屋敷の隣に暮らしていた。

食事も屋敷の方から女中が運んでくれるので、悠々自適の暮らしぶりである。

その自宅へ帰ると、この日は屋敷の母屋で働いている女中がいて、

「お客さまがおいでです」

と、玄関口で教えてくれた。

「私に、どすか」

多陽人は意外そうな声で訊いた。

「はい。母屋へお尋ねがありましたので、お帰りがいつになるか分かりませんと申し上げたのですが、それなら待たせてほしいとおっしゃるので」

どうやら占いの客のようだが、外で待たせてもらってかまわないと言ったらしい。

「ですが、お武家さまでいらっしゃいますので、そういうわけにもいかず」

女中は多陽人の家の客間の方へ、客を案内したのだと告げた。

「それは、ありがとうさんどす」

多陽人は礼を言い、客間へと向かった。

「お客はん、この家の主どす。失礼いたします」

多陽人が戸を開けて中へ入ると、室内の客人は居住まいを正して頭を下げた。

「これは、お留守のところへ上がり込んで、申し訳ない。貴殿が葛木多陽人殿でおられるか」

まだ三十路くらいの侍が折り目正しく挨拶する。すっきりとした目鼻立ちがいかにも秀才めいて見える、白皙の男であった。

「へえ、葛木どす。お目にかかるのは初めてと存じますが、私のことはどなたかにお聞きになったんどすか」

多陽人が客の前に座って尋ねると、侍はとある人物の名を述べた後、自ら名乗った。

「私は田沼と申す幕臣にござる。今日は葛木殿の腕を見込んで尋ねたき儀があり、まかり越した」

「はあ。私は占いを生業としてますさかい、お客はんのお尋ねにはお答えするつもりどすが」

「私の知り合いのことを尋ねたいのだ」

「ほな、その方のご本名、生まれ年、今のお立場は少なくとも教えていただかなあきまへんが……」

「それは無論、承知」

待ち構えていたように田沼は言うと、懐から折り畳んだ紙を取り出した。

「葛木殿がただ今、口になさったことはここに書かれておる」

多陽人が渡された紙を開くと、雄渾な筆遣いでいくつかのことが記されていた。

「大岡忠光、宝永六（一七〇九）年生、従五位下、出雲守、御側御用取次側衆」

とある。御側御用取次とは将軍に仕える役職だと、多陽人は瞬時に察した。とすれば、この田沼という侍も将軍のそば近くに仕える旗本といったところか。

しかし、仕事に関わりのない事柄について詮索する趣味は、多陽人にはない。

「宝永六年というと、丑年どすな」

今から四十年ほども前の年の干支をただちに言い当てた多陽人に、田沼が少し驚いた目を向けた。

「確かに、主膳殿は丑年生まれだ」

独り言のように呟いた田沼は、「あっ」と小さく呟き、

「主膳とは大岡殿の呼び名なのだが、それも記しておいた方がよかっただろうか」

と、付け足した。

「いえ、本名が分かればそれで十分どす」

多陽人は静かに答えた。

「さて、一口に占いというても、この方の何を知りたいのかは聞かせてもらわなあき

まへんが」

「知りたいのは、近々、この方の身に危険が降りかかるかどうかということ。降りかかるのであれば、できる限り細かく、いつ頃、どんな目に遭うのか、ということを知りたい」

田沼はそれまでになく険しい眼差しになって告げた。色白の整った顔に鋭さが増し、別人のような凄み(すご)が感じられる。その様子をじっと見つめていた多陽人は、

「細かく言うても、限りはありますけどな」

と、柔らかな口ぶりで受けた。

「主膳殿はひと月ほど前、毒を盛られたのだ」

田沼は面(おもて)から鋭さを消さぬまま告げた。

「ほう、毒を――」

多陽人の表情にも声にも驚いた様子はない。

「しかし、ここに書かれたお役の方が毒を盛られれば、それなりの騒ぎになったのやおへんか」

「その通りだが、主膳殿の側でもみ消した。毒味役もいたが、それ以前に調理場の者が倒れたのでな。この時、人死には出ていない」

「もみ消したのは何でどすか。その時、毒を盛ったもんを見つけ出しておけば、今、

やきもきなさる必要もなかったのやおへんか」

　多陽人の遠慮のない物言いに、田沼は眉間に縦皺を寄せた。

「主膳殿が毒を盛られたと、世間に知られるのは……」

　苦しげな声が一度途中で切れた。が、田沼はやがて気を取り直すと、多陽人を正面から見据え、

「上さまのお立場にも関わるからだ」

　と、言い切った。

「つまり、公方さまの側近が狙われたということは、公方さまご自身が刃を向けられたも同じ。そないな不届きもんがおると明らかになれば、公方さまのご信用に関わる一大事というわけどすな」

「おぬし、上さまのことをとやかく申しているが、上さまの何を知っているというのだ」

　話が将軍のことに及んでから、初め穏やかだった田沼の様子は徐々に変化し、今や多陽人に向ける声さえも尖っていた。

「はて。私どもにとって、公方さまは雲の上のお方。どないなお方かなんぞ、知る由もおへん。せやけど、それでも漏れ聞こえてくることはありましてな。特に、今の公方さまのことはいろいろと……」

多陽人の方は田沼の態度の変化とは関わりなく、相変わらずの遠慮のなさで淡々と述べた。

九代将軍家重は八代吉宗の嫡男であり、父の譲りを受けて将軍職を継承した。しかし、吉宗が家重を世継ぎと定めるまでには、さまざまな紆余曲折あったと、巷に伝えられている。家重は幼い頃から体が弱く、言葉を明瞭に話せないため、そばに仕える者たちの苦労は多いというのだ。さらには、吉宗の次男、現在の田安家当主、宗武が優秀であったため、吉宗がいずれを世継ぎとするか悩んだともいわれる。

「ま、そないな話をここで持ち出しても、意味はないのと違いますか」

多陽人が続けて言うと、田沼はしばらくの間、無言のままであった。ややあって、

「確かに、葛木殿の申される通りだ」

と、田沼は眉間の皺を消して言った。

「もうお察しと存ずるが、私も下役ながら上さまにお仕えする身でな。上さまのこととなると、どうも冷静さを欠く悪い癖がある」

「ご自分でそれを分かってはるなら平気どす」

そう告げた後、多陽人は「ほな、占いをいたしまひょ」と声の調子を変えて告げた。

「どう占うのだ」

田沼は不思議そうな表情を浮かべて、多陽人を見返した。

「残念ながら」

　多陽人は少し微笑みながら言う。

「占いをするところはお見せいたしまへん。式盤は動かさん方がええさかい」

「なるほど、式盤を使った式占ということですな」

　田沼の言葉に、多陽人はうなずく。

「まあ、私が扱うのは式占だけやおへんが、田沼さまのご依頼は式占がええと思います」

　そう言い置いて、多陽人はいったん客間を後にした。

　田沼をその場に待たせたまま、式盤の置かれた書斎へと赴く。式盤とは陰陽師が昔から使っていた占いの器具で、丸い天盤と四角い地盤を組み合わせたものであった。

　式盤の置かれた机の前に、多陽人は静かに座った。

　先ほど田沼から示された大岡忠光の生年、本名の画数、今年の干支、今日の日付などに基づき、式盤を動かしていく。やがて、式盤を動かす多陽人の手が止まった。そして、まるで時までが止まったかのように、多陽人はそのまま動かなかった。

　ややあって、多陽人は静かに立ち上がった。書斎を出て田沼の待つ客間へと戻る。

「いかがでござった」

　多陽人が座るより先に、その顔を見上げるように田沼が尋ねた。

「少しお顔の色が悪いように見受けられるが」

目の前に座った多陽人の顔をまじまじと見つめながら、田沼が心配そうに問う。

「いえ、式盤を使った時は多少力を使いますさかい、それはお気になさらんと」

「して、占いの結果はいかに」

田沼は少し早口になって、もう一度尋ねた。

「この先、どないな禍がこの大岡さまに降りかかるのかまでは、定かには分かりまへん。せやけど」

多陽人は先ほどまでより低い声で言った。

「このお方は何者かから呪詛されておりますな」

「何と、呪詛……」

その言葉の衝撃に打たれた様子で、田沼が茫然と呟いた。

「呪詛と言うても、人為を超えた禍を受けるとは限りまへん。先のお話にあった、毒を盛るといった人為の害もありますさかい。ただ、呪詛する相手が何を狙うてるかまでは、分からへんどした」

「もっとくわしく占ってもらうことはできるのか。いや」

田沼はいったん口を閉ざすと、やがて思い切ったふうに言い出した。

「それを避けるべく、何とかしてもらうことはできるのだろうか」

「まあ、ご依頼であれば、お引き受けせなあかんやろけど」

多陽人の返事を聞き、田沼はしばらく検討するふうに沈黙していたが、やがて、

「ひとまず、今日はこれにて帰らせてもらう」

と、言い出した。

「私の一存で頼むこともできぬゆえ、持ち帰ってご本人にも話してみる。その上で、またこちらへお邪魔しようと思うがよろしいか」

「事前にお知らせがない場合、留守のことも多いと思いますが」

「それはかまわぬ。今日のようにいつまでも待たせてもらうゆえ」

「ほな、またのおいでをお待ちしてます」

「今日の見料だ」

田沼は値段を問うことなく、紙の包みをその場に置いた。足りぬことは絶対にないと信じているようであった。

「ほな、おおきに」

多陽人もまた、中身を確かめることもなく、そのまま受け取った。

「では、これにて」

田沼は軽く頭を下げると、立ち上がって部屋を出て行った。多陽人も続けて立ち上がり、玄関まで見送った。

家主の屋敷から提灯を調達してこようかと尋ねると、敷地の外で家臣が駕籠を用意して待っているので必要ないと田沼は言う。

「ほな、これにて失礼いたします」

多陽人は玄関で田沼が去って行くのを見送り、家の中へと戻った。置いていった紙の包みを開けると、鮮やかな輝きを放つ金貨が一枚入っていた。

第四首　足の音せず

一

しづ子と助松が『万葉集』の符牒の謎解きを始めて、数日が過ぎた。

「おいらはもう巻三はあきらめて、巻十四を考えてみようと思うんです」

助松がしづ子の部屋でそう告げたのは、蒸し暑い日の多かった五月も末の二十五日である。この間、賀茂真淵や葛木多陽人から知らせが入ることもなければ、しづ子と助松が何らかの手がかりをつかむこともなかった。

「そうやって目先を変えるのもいいかもしれないわね」

しづ子は小さく溜息を吐いた。

「私の方もさっぱり……」

浮かぬ顔をするしづ子の前で、助松は懐に入れておいた紙を取り出した。

「これ、前にお嬢さんが書いてくださった手本です」

折り畳まれた紙を開くと、巻十四の六首が書かれている。

入間道の　於保屋が原の　いはゐつら　引かばぬるぬる　吾にな絶えそね

足の音せず　行かむ駒もが　葛飾の　真間の継橋　やまず通はむ

吾が恋は　まさかもかなし　草枕　多胡の入野の　奥もかなしも

誰そこの　屋の戸押そぶる　新嘗に　わが背を遣りて　斎ふこの戸を

青柳の　張らろ川門に　汝を待つと　清水は汲まず　立ち処平すも

あぢかまの　潟に咲く波　平瀬にも　紐解くものか　かなしけを置きて

巻三の歌よりもなぜか分かりにくい。知らない歌が分かりにくいのは当たり前なのだが、それでも、巻三の方が初見でも読みやすかった。どうしてなのか、その理由が分からない、と助松が話すと、

「それは、ちっとも不思議なことではないわ」

と、しづ子は答えた。

「巻十四は東歌といって、東国の民が詠んだ歌だと話したでしょう？　だから、都

人が詠んだ歌と違って、その地方独自の言葉遣いなどもあるのよ。読みにくいと感じるのはそのせいだと思うわ」

たとえば——と言って、しづ子は最後の歌の最後の句に指を当てた。「かなしけを置きて」を指している。

「ここの『かなしけ』というのは『かなしき』の訛ったものと言われているの。ここにはないけれど、『悩ましき』を『悩ましけ』といったりした歌もあるわ」

「『き』が『け』に訛ってたんですね」

「そうね。『かなし』とは『愛しい』という意味だから、『かなしけ』は『愛しい人』というような意味になるの。ここでは『愛しい人を差し置いて』と言っているのよ」

そこまで聞いてしまうと、一首全体の意味を知りたくなってきて、助松はしづ子に「あぢかまの」の歌の意味を教えてほしいと頼んだ。

「あぢかまの潟というのは地名だけれど、どこかは分かっていないの。あぢかまの潟に花が咲くように、白波が立って流れのゆるやかな平瀬に打ち寄せる。ここの『平瀬』の『平』は平らか、ゆるやかという意味よね。その意味を取って、ゆるやかに紐を解いたりしません、愛しいあなたを差し置いては——と言っているのよ」

しづ子の説明は途中まではよく理解できたが、最後の方は意味が分かりにくい。

「お嬢さん、ゆるやかに紐を解かないってどういう意味ですか。ゆるやかに解かないなら、急に解くっていうことですか？」

助松は首をかしげながら訊き返した。

「ええと、そういうことではなくて」

しづ子はいったん口を閉じた後、考え考えしゃべり出した。

「平らかに、とか、ゆるやかに、というのは、物事が滑らかに運ぶことを言うのよ。障りがなく順調に、ということね。だから、『あなたを差し置いて、他の人の前で容易く紐を解いたりはしない』という意味にとらえておけばいいと思うわ」

「…………」

助松は難しい表情をして黙り込んだ。

「私の説明が分かりにくかったかしら」

しづ子が気がかりそうに訊き返す。

「お嬢さん、これは恋の歌なんですよね」

生真面目な様子で、助松は訊き返した。

「え、ええと、そうでしょうね。『かなしけ』という言葉の意味はさっき説明した通りよ」

「はい。だから、おいらにもこれが恋の歌で、恋しい人に贈った歌なんだろうってことはちゃんと理解できます」

「だけど、紐を解くとか解かないとか、何でわざわざ言う必要があるんですか。大体、紐って何の紐ですか」

「あ、ああ。そのことが分からなかったのね」

しづ子は少し動揺しているふうに助松の目には見えたが、やがてきりっと表情を引き締めると、

「助松、それはまだ、そなたが知らなくてもいいことなのよ」

と、おもむろに言い出した。

「おいらが知らなくてもいいって、どういうことですか」

「だから、そなたにはまだ早いことなの。そんなことより」

しづ子は助松の口を強引に封じると、話を変えた。

「ほら、他にも意味の分からない歌があるんでしょう？　どの歌でも言ってごらんなさい。意味を教えてあげるわ」

歌のことであれば、しづ子はどんなことでも教えたがるだろうと思っていたのに、どうも様子が違う。助松はしづ子の言葉をそのまま受け容れることが、この時はできなかった。

「恋の歌だから、おいらにはまだ早いというんですか」

　これまでしづ子に逆らったことなどなかったが、助松は口を少し尖らせて訊き返した。

「……だって、助松にはまだ恋しいと思う娘なんていないでしょう？」

　しづ子の指摘は間違っていなかった。確かに好きな娘などいはしないのだが……。

　その時、頭の中にふとしづ子の面影が浮かんだ。目の前にいるしづ子ではなく、かつてこの部屋の窓から白梅の花を一緒に見た時の、まさに花のようだったしづ子の面影が――。

　とはいえ、しづ子に対する自分の気持ちが恋だろうとは思わない。しかし、そのしづ子を除いては、助松がよく知る若い娘など一人もいやしないのだった。

「いいえ、恋の歌が早いとは言えないわね。助松ももう十二歳なんだし」

　ちょっと言いすぎたと思ったのか、しづ子が機嫌を取り結ぶように言い出した。だが、十七歳のしづ子から「もう十二歳」などと言われると、侮られているような気がする。

「ほら、この歌だって恋の歌なのよ」

　と、しづ子は言って、一番目の歌を指さした。

「それに、この歌も……恋の歌ね」

　と、二番目の歌に指を移す。助松が黙っていると、しづ子は「この歌も」「あら、この歌も」と言いながら、六番目の歌まで指を動かしていった。

「結局、ここにあるのはぜんぶ恋の歌だったのね」

しづ子は本当に今初めて、そのことに気づいたようであった。助松は拗ねたような気分も忘れ、

「お嬢さん、それって、あの符牒に関わるんでしょうか」

と、真剣な表情になって訊いた。

「恋の歌っていうことが？　そうね、それは確かめてみる必要があるけれど」

しづ子は慎重な口ぶりで答えた後、

「実は、世の中には恋の歌がとても多いのよ」

と、いつもの調子になって語り出した。

「特に東歌を収めた『万葉集』の巻十四は、恋の歌が多いの。だから、選ばれたのがぜんぶ恋の歌だってことは、取り立てて大事なことじゃないかもしれない」

でも、もう一度しっかり考えてみるわね――と、しづ子は微笑んで言う。助松もうなずき返した。すると、

「ねえ、助松、この歌を見て」

しづ子は今気づいたというふうに、二番目の「足の音せず」の歌を指で示した。

「前に巻三の『たまもかる』の歌について話した時、『敏馬』という地名を、助松が

本物の馬だと思ったことがあったでしょう?」

「はい」

「この『足の音せず』の歌にも馬が出てくるわ。地名じゃなくて、本物の馬がね」

助松はしづ子が示した歌に目を向け、首をかしげた。

「この歌には『馬』という字が見当たりませんけど、もしかして、この字のことですか」

助松は読むことのできない「駒」という字を指でさした。読めないが、漢字の偏の部分に「馬」という字があるのは分かる。

「その通りよ。これは『こま』と読むの」

そう答えて、しづ子は改めてその歌を口ずさんでくれた。

「足の音せず行かむ駒もが葛飾(かつしか)の真間(まま)の継橋(つぎはし)やまず通はむ――この歌はね、足音を立てずに進んで行く馬がいてくれればいいなあ、そうしたら、葛飾の真間の継橋を誰にも知られることなく、愛しいあの娘に逢(あ)うために、通って行くことができるのに、というような意味なの」

「葛飾は分かりますけど、そこに真間の継橋というのがあるんですか」

「私も見たことはないわ。今も残っているのかどうか、分からないけれど……」

でも、そんなに遠くのことではないのだから、今度探しに行ってみましょうか――

と、続けられたしづ子の言葉に、助松は「はい」と大きな声で返事をしていた。

「こんなに近くに、『万葉集』に関わる場所があるなんて、今まで考えてみたこともありませんでした」

「そうね。これまでの歌は富山や奈良を詠んだものだったから」

しづ子はそう呟（つぶや）いた後、助松に明るい笑顔を向けた。

「真間の継橋は残っていないかもしれないけれど、葛飾へ行くだけでも歌の風情を味わうことはできるわ。ぜひ行きましょう」

「はい。その時は、葛木さまにもご一緒していただきませんか」

助松が思いつきを提案すると、

「えっ、葛木さま？」

しづ子は動揺した様子を見せた。

「はい。だって、歌にはおくわしいし、前に富山へ旅しようっておっしゃった時も葛木さまに護衛をしていただくって話が出たじゃないですか。葛飾は近いですけれど、おいらがお供するだけじゃ、旦那さんはお許しくださらないと思います」

「そ、それは確かにそうかもしれないけれど……」

しづ子は躊躇（ためら）いがちに呟いた後、「とにかくね」と話を元に戻した。

「この歌の詠み手は、恋しい娘との関わりを世間に隠しているのでしょう。だから、橋を渡る時に馬の足音が立って、人に知られてしまうのを気にしているのだわ」

「馬に乗れるってことは、この歌を作ったのは身分の高い人だったのでしょうか」

「ええ。おそらく都からやって来た役人か、この辺りを支配する階級の人だと思うわ。もしかしたら、相手はそれほど身分の高くない人だったのかもしれないわね」

身分違いの恋の切なさに思いを馳せるように、しづ子はそっと瞼を伏せている。助松が静かに待っていると、しづ子は突然目を開けて、勢いよく言い出した。

「そうそう、大事なことを言い忘れていたわ。この歌の中で、馬は『駒』と詠まれているでしょう？」

「はい」

「歌では、馬を『駒』と詠むことが多いの。馬と詠んでいる歌もあるのだけれど。駒とはもともと小さい馬と書いて、若い馬のことを言ったらしいのよ」

「そうだったんですか。馬というより、駒の方が何だかかわいらしい気がします」

「そうね。親しみがこもっているような気がするわ」

そんな話をして、助松はその日、しづ子の部屋を下がった。一気にすべての歌の意味を聞いても混乱するので、歌の意味は少しずつ教えてもらうことにしている。

（今日は二首の意味を教わった。ぜんぶ恋の歌だっていうし、巻三よりは何か手がかりがあるのかも）

それにしても、「紐解く」云々の意味はごまかされてしまって、最後まで分からなかったな、と助松は思った。ふと千蔭はこの歌の意味がしっかり理解できるのだろうかという思いが浮かぶ。

今度千蔭に会ったら尋ねてみようか、と助松は思った。

二

とある侍の客が伊勢屋にやって来たのは、同じ日の昼過ぎであった。三十路ほどで背が高く、小太りの客はこれまでに見たことがない。「いらっしゃいませ」と挨拶した手代の庄助に、

「ご主人か番頭に尋ねたいことがあるのだが」

と、客は横柄な口ぶりで告げた。上客でもない限り、主人がわざわざ出迎えることはないのだが、相手は侍である。庄助が帳場に座っている番頭に伝えると、

「なら、あたしが話をお聞きしましょう」

と、番頭が立ち上がった。

その後、番頭は自ら侍を客間へと案内し、話を聞いたようだ。しばらくすると、客は番頭と一緒に戻ってきて、品物を受け取ることなく帰って行った。

「お取り引きはまとまりましたか」

番頭と一緒に客を見送った後、庄助が尋ねると、番頭は「いいや」と少し渋い顔で首を横に振った。

「ちょっと、変わったお尋ねでね」

と、続けて言う。

「うちの店の奉公人で、薬作りに最もくわしい者を教えてほしいと言うんだよ」

その話の際、番頭の眼差しは一度だけちらと助松に注がれた。

「理由も聞かずにお教えするわけにいかないから、こちらからもお尋ねしてみたんだ。そうしたら、あのお侍のご主人が、原因不明の妙な病に取り憑かれたそうでね」

その主人の名は最後まで伏せ、現在の症状についても語らなかったそうだ。ただ、その治療のため、医者や本草学者、それに薬種問屋を手当たり次第に当たっているところだという。見事に病を治せたら礼金は弾むし、その後の取り引きでも優遇すると言ったらしい。

「しかし、主人の素性も症状も語らずとなれば、信用してよいものかどうか」

気がかりな表情で言う庄助に、「そうだろうとも」と番頭は同意した。

「あたしもそのことを遠回しに言ってみたんだよ。そしたら、お殿さまの容態について打ち明ける人数は、できるだけ抑えたいらしくてね。容易には打ち明けなかった」

「つまり、治療を任せる者にしか明かさないというわけですか」

「ああ。だから、薬にくわしいだけじゃなく、口の堅い者でなくてはならぬそうだ。いやはや、お武家さまは面子があって大変ですよ」

取りあえず目ぼしい人物を見つけ出したら、いったんそれを持ち帰って家臣一同で依頼先を検討するらしい。今日のところは名前を挙げてくれと言うだけだったが、誰か挙げなくては引き揚げそうになかったので、

「あたしは考えた末に、大五郎さんの名を伝えたんだよ」

と、番頭は再び助松に目を向けて言った。

(お父つぁんがこの店でいちばん薬にくわしいのか)

しばらくの間、店を離れていた父が名指しされたことに、助松は驚きと誇らしさを同時に抱いた。

「ですが、大五郎さんは店へ戻って間もないですのに」

庄助も同じことに驚いたようである。

「確かにそうなんだけど、大五郎さんの薬作りの腕は富山へ行く前から抜きん出ていたからね。今もなまっていない。まあ、大五郎さんで妥当だとあたしは思っているよ」

と、番頭は助松を見ながら言った。

「じゃあ、お父つぁんはあのお侍のご主人のところへ行くことになるんですか」

父の腕が認められたのは嬉しいが、父が再びどこかへ行くということに、助松は不安を覚えた。父がまた帰って来ないのではないかという恐れが、胸の底をよぎっていく。それを感じ取ったのか、

「それはまだ分からないよ」

と、番頭は少し優しい声になって言った。

「少なくとも、あちらのご身分やお名前を聞きもせず、大五郎さんを行かせたりはしない。旦那さんと大五郎さんが承知するかどうかも、まだ分からない話だしね」

番頭はこれから平右衛門に話をするので、おそらく今日のうちには大五郎に話が伝わるだろうという。

助松は先ほどの侍の風貌を思い浮かべ、後でしっかり父に伝えようと心に留めた。

父とゆっくり話ができるのは、たいてい仕事が終わって長屋へ戻ってからである。この話をするのも晩になってからだろうと思っていたのだが、その機会はもっと早くやって来た。

夕七つ（午後四時）頃、交替で休むことになった助松は庭に出た。ここには、腰掛け代わりの石がいくつか据えられていて、奉公人たちの休憩場となっている。

助松はその一つに座ると、さっそく歌の手本を取り出した。この手本は父のいる前では取り出せないので、休憩の時を使って符牒の解読をしているのだ。

(巻三の六首は、ちょっとずつお嬢さんから意味を教えてもらったけれど、結局、何も分からなかった。巻十四の方は、昨日お嬢さんに教えてもらった歌が……ええと)

そんなことを考えながら、手本を眺めているうち、

「ここで何をしてるんだ」

突然、後ろから声をかけられ、助松はびくっとなった。

「あ、お父つぁん」

振り返ると、大五郎が近付いてきて、助松の手にした紙に目を向けた。急なことだったし、あっと思った時には今さら隠すのが不自然な状況だった。

「何だ、歌を見てたのか」

大五郎は助松の手にした紙をちらっと見てから言った。

「近頃じゃ、『養生訓』を書き写してるから、歌はもういいのかと思ってたぞ」

「歌に飽きたわけじゃないよ。お嬢さんからいろいろ教えてもらえるのも面白いし」

「もしお前が本草学より歌をしっかり学びたいなら、それはそれでいいんだぞ」

大五郎は言った。助松が長屋で歌の手本を取り出さなくなったのは、本草学者になることを勧めた父に気を遣っていると、思ったのかもしれない。

「別にそういうわけじゃないよ。今は『養生訓』を写すのが大事だと思ってるだけだから。ちょっと難しいけど」

「そうか」

大五郎は再び助松の手もとの紙に目を向けると、

「ずいぶんたくさん書いてもらったんだな」

と、言った。

「こっちに六首で、こっちも六首か。何だ、十二支みたいだな」

「少しずつ教えてもらってるんだ。一気にたくさん聞いても分からなくなるから」

あまり踏み込んでこないでほしい、と助松はびくびくしていたのだが、父は「ところで、助松」と不意に話を変えた。

「さっき店にお侍がいらっしゃったと聞いたが、お前はお顔を見たか。初めて来たお侍らしいが」

「あ、薬作りにくわしいのは誰か訊いていったお侍のことでしょ」

自分もそのことを話したかったのだと、助松は言った。

「お父つぁんは旦那さんから聞かされたの？」

「ああ、番頭さんがお父つぁんの名前を挙げたと聞いた。お侍はお家の名も言わなかったそうだな」

父は苦々しい表情になって言う。

「お父つぁん、何か気になるの？」

富山藩の侍が様子を探りに来たのではないかと、疑っているのだろうか。

父は念のために知りたいと言って、助松に侍の容姿をできるだけくわしく語らせた。

年齢は三十くらいで、背が高く体も大きい。やや太り気味でもある。話し方や物腰は少し威張っているふうだったと、助松は答えた。

「ふうむ」

と、唸るような声を出した父に、助松は思わず「心当たりはないんでしょう？」と尋ねていた。

「ああ。思い当たる者はいない」

そう答えたものの、父の表情は相変わらず浮かぬままである。

「あの……さ。山富さまに訊いてみることはできないの？」

山富とは、大五郎の無実を信じ、何かと助けてくれた謎の武士である。大五郎を陥れた敵の粛清に乗り出そうとしており、富山藩で力のある人物だということも分かっていた。助松は一度だけ会ったことがあるが、山富という名も仮のもので、その正体は皆目分からない。とはいえ、父の味方ということだけは確かである。

だが、大五郎は助松の問いに対し、何とも答えなかった。

「ねえ、お父つぁん」

助松が呼びかけると、「あ、ああ」と応じた後、

「お父つぁんはもう仕事に戻らなけりゃいけない。お前もしっかりやるんだぞ」

と、言ってから大五郎は去って行った。

取り残された助松はふと手もとの紙に目を向けた。もう符牒を読み解こうという気持ちはなくなっていたが、その時、何かが引っかかったような気がした。

歌に関わることとか、先ほどの侍や父に関わることとか。

だが、引っかかっただけで、それははっきりとした形を結びはしなかった。

何ともすっきりしなかったが、いつまでも休んでいるわけにもいかず、助松も庭の置き石から腰を上げ、再び店へと戻っていった。

三

その日の夜、長屋で顔を合わせた大五郎に、特に変わった様子は見られなかった。昼に来た侍の客について口にすることもなく、助松も話題にはしなかった。

助松は『養生訓』の続きを書き写し、ところどころ読めない字が出てくれば、読み方と意味を父に尋ねた。それもいつも通りのことである。

翌日、助松は念のため、『万葉集』の十二首の手本を父に見られたことを、しづ子に話しておいた。しづ子は顔を曇らせたが、じっくり見られたわけではないと話すと、少し安心したようである。以後は気をつけるようにと言われ、助松も十分注意すると答えた。

「ところで、賀茂先生のお宅のその後も気にかかるし、近いうちにお邪魔してみましょうか」

この日、しづ子はそう言い出した。

「賀茂先生や千蔭さまが何か思いついていらっしゃるかもしれませんね」

「ええ。こういうことは一人で考えるより、考えを持ち寄った方がいいでしょうし」

しづ子はいつ訪問するか、決まったら助松に知らせると告げた。

その日は何事もなく過ぎ、翌二十七日のこと。

「助松はいるか」

主人の平右衛門が突然奥から店へやって来たのは、店じまいも間近の七つ半（午後五時）の頃であった。

ふだんは上客への挨拶回りに出ている平右衛門が、店へ現れるのはめずらしいことである。助松を含め、その場にいた奉公人たちは皆、目を瞠（みは）った。

「助松はおりますが、何かございましたか」

番頭が腰を浮かしかけながら問う。

「ああ、助松にちょっと話がある。それから、お前さんも一緒に来ておくれ」

と、平右衛門は番頭に告げた。

そこで、番頭と助松は平右衛門の後に続き、ふだんは客室として使われている六畳の座敷へ向かった。

「いいかね、助松。落ち着いて聞くのだよ」

助松を目の前に座らせ、平右衛門はそう言った。助松は一瞬、胸が締め付けられたような気がした。平右衛門のどことなく物々しい様子が嫌な予感を呼び起こす。

「朝のうちに使いに出た大五郎が、今もまだ帰って来ていない。もちろん何かあったと決まったわけじゃないがね」

「お父つぁんが……？」

問い返す声がまるで自分のものではないように聞こえた。

「しかし、まだ日も暮れていませんし、大五郎は大の大人ですよ」

と、言いかけた番頭がはっとした様子で口をつぐんだ。

その大五郎が富山へ仕事で出かけた際、しばらく行方知れずになったことを思い出したのである。それは、富山藩内のいざこざに関わったためなのだが、表向きは薬草を採りに入った山中で急病ゆえに倒れ、その後も連絡できなかったとされていた。番頭はその話を信じているはずである。

「いや、もしかしたら、途中で具合を悪くしたのかもしれませんな。この辺りの医者を当たってみましょうか」

番頭が心配そうな表情になって尋ねた。

「無論、いずれはそうするが、倒れて医者のもとへ運ばれたのなら、知らせがあってもいいだろう。大五郎は上野のお客さまのお宅へ薬を届けに行っただけなんだ。もちろん、そちらへは別の者を確かめに行かせた」

大五郎は間違いなくその客宅に顔を出していた。取り立てて変な様子はなく、体の具合が悪そうにも見えなかったという。そこに長居したわけでもなく、すぐに辞去したそうなので、ふつうなら昼には帰っていなくてはおかしい。

「ところで、二日前だったか、初めてお越しになったお侍さまの話をしていたね」

平右衛門はそこで番頭に目を向けて尋ねた。

「ああ、はい。お殿さまの治療のため、薬作りにくわしい者をお尋ねになったお侍さまですね」

「そうだ。お前は大五郎の名を挙げた」

「その通りです。まさか、あのお侍さまと大五郎さんの行方に、何か関わりでも？」

番頭が顔色を変えて尋ねた。

「いや、まだ分からない」

平右衛門は重苦しい声で言い、その後、例の侍が再び来ていないことを番頭に確かめた。

「他に、少しでも怪しいと思うようなお客はいなかったかね」

この二日はもちろんだが、例の侍が来る前にも遡って考えてみてくれ、と平右衛門は言った。番頭も助松も思い当たる限りの顔を思い浮かべたが、ここ半月くらいで、新しい客と言えばあの侍くらいである。

「そうか。取りあえず、外へ捜しに出した者たちが暮れ六つ（午後六時）には戻って来る。その者たちの話を聞き、手がかりがなくとも一晩は待ってみよう。明日の朝までに大五郎が帰らぬ時は番屋に届け出る」

平右衛門の言葉に、助松は無言でうなずいた。すると、「ああ、それからね」と声の調子を変え、

「お前は落ち着かないだろうから、今日はもう店へ出なくていい」

と、平右衛門は助松に言った。「お前さんもいいね」と番頭に了承を求めた後、

「お前はこのましづ子の部屋へ行っていなさい」

と、続けて助松に言う。

「しづ子もこの話を聞き、お前のことを心配している。お前もしづ子と一緒の方が気

もまぎれていいだろう」

「……でも、旦那さん」

　助松は思い切って言った。

「おいらもお父つぁんを捜しに行きたいです」

　平右衛門は「そうだろう」と心のこもった声で言い、助松の肩に手を置いた。

「気持ちは分かるが、お前の姿が見えなくなったりしたら、大五郎以上に大ごとだ。間もなく日も暮れることだし、大五郎を捜すための人手も割いている。ここは私に任せておきなさい」

「旦那さんのおっしゃる通りだよ」

　と、番頭も口を添えた。

「お前はお嬢さんのところへ行っていなさい。あまりお嬢さんにご心配をおかけするものじゃない」

　そう言われると逆らいようはなく、助松は一足先に客間を出た。自分でもおぼつかないと思える足取りで、しづ子の部屋へ向かう。

「ああ、助松。話は聞いたわ」

　しづ子は助松を迎えるなり、痛ましげな眼差しを向けて言った。

「たいそう気がかりで落ち着かないでしょうね」

そなたはまだ小さいのに……と呟くしづ子に、助松は思わず、

「おいらはもう小さくなんかありません」

と、言い返していた。

「前にお父つぁんがいなくなった時は十歳で、奉公にも出てなかったけど、今はもう違います。今までだってお父つぁんを待てたんだから、今度だって平気です」

気負って言う助松に、しづ子はただ「そうね」とうなずき、案ずるような目を向けただけであった。

「お父つぁんは帰ってきます」

と言う助松に、しづ子は「もちろんよ」と答えた。

「大五郎さんはとても用心深く、慎重な人だもの。それに……その、元はお武家さまだったのだし、武術だって心得があるのでしょう。そういえば、大五郎さんが昔、どんな武術をたしなんでいたか、聞いたことはないの？」

しづ子の言葉に、助松は頭を振った。

「……聞いていないです」

そういえば、武士だった頃の父がどんな暮らしぶりだったのか、聞いたことはなかった。父も進んで語ろうとはしなかったし、助松自身はいまだに父が武士であった姿を思い浮かべることができなかった。

「ねえ、助松」

しづ子は少し躊躇いがちな様子で、

「大五郎さんが姿を消したのは、富山藩のいざこざとは関わりないのかしら」

と、訊いた。

「それは……おいらにも分からないです」

助松にはそう答えるしかない。

「そうよね。仮にそうだとしても、辻主税さまや千枝さまが江戸におられない以上、お尋ねする人も私たちにはいませんし……」

父の失踪には富山藩のことが関わると、しづ子は思っているのだろうか。

「でもね、助松。もしもの話だけれど、大五郎さんが帰って来なかったとしても、父さまが手をこまねいたままでいることはないから大丈夫よ。いざとなれば、葛木さまにも頼んでくださると思うわ」

平右衛門は前にもしづ子が姿を消した時、すぐに葛木多陽人を頼った。今度も、大五郎の捜索を頼んでくれるかもしれない。

「そうですね」

どんなに切羽詰まった状況でも、決して深刻な顔など見せず、いつも飄々としている多陽人の様子を思い浮かべると、助松は少しだけ憂いが除かれたような気がした。

それからややあって、暮れ六つの鐘の音が聞こえてくるや否や、助松はしづ子に付いて平右衛門のもとへ向かった。そこで、大五郎を捜しに出ていた奉公人たちの帰りを待つ。

やがて、奉公人たちは次々に帰って来たが、手がかりとなりそうな報告を持ち帰った者はいなかった。

「では、とにかく一晩だけ待ち、明日の朝に戻らなければ番屋へ届けよう」

今夜のうちに、大五郎が長屋へ戻ることがあったら、どんなに遅くてもかまわないから必ず知らせるように——という平右衛門の言葉にうなずき、助松は自分の長屋へ引き取った。

一人きりで過ごすのは、父が戻る前までは当たり前のことだったのに、今となっては一人が身に沁みた。

（お父つぁん、どこへ行っちゃったのさ）

前に父が行方知れずになった時は今より幼く、ずっと心細かったが、旅先での出来事であったためか、父が危険な目に遭ったという事実を受け容れることはできた。

しかし、今回、父はただ上野の客宅まで出向いただけだ。助松だって一人で使いに行かされる場所であり、その時刻も昼前のことだという。

父の身にいったい、何が起きたというのだろう。お天道さまの明るい空の下、人が大勢行き来する江戸の通りで、大の大人がかどわかされたとも思われない。具合が悪くなって倒れたとか、事故に遭ったというのなら、誰か見聞きした者がいるはずだ。

そのいずれでもないのなら、

（まさか、お父つぁんが自分の考えで消えた？）

だが、やっと再会できた自分を捨てて、父がどこかへ行ってしまうなど、あり得ない話だ。

そうやって、父のことを考え続けて、どのくらいの時が経ったのだろう。長屋の外に人の気配がして、助松は飛び上がった。土間へ下り、勢いよく戸を開けると、外にいたのは同じ長屋で暮らす手代の一人である。

あまりに勢いよく助松が戸を開けたからか、それとも助松の形相がふだんと違っていたからか、手代はひどく驚いていた。

「あ、ごめんなさい。お父つぁんかと思って」

助松はすぐに謝った。

「ああ、いや。話は聞いてるよ」

大五郎がいなくなったことは皆に伝わっているらしく、その手代は助松を慰めるように言った。

その後は気をつけて、あまり勢いよく戸を開けないようにはしたが、同じことを助松は何度もくり返した。が、父の姿はなかった。

（足の音せず……）

ふと、その歌を思い出したのは、何度目に戸を開けた時だったろうか。

（足の音せず行かむ駒もが葛飾の真間の継橋やまず通はむ――か。足音のしない馬だって人だって、いやしないのに……）

どうして父は何の手がかりも残さず、すうっと煙のように消えてしまったのだろう。

助松はその夜、一人で布団を敷いて床に就いたものの、外の物音につい耳をそばだててしまい、ぐっすり眠ることはできなかった。しかし、夜が明けてもなお、大五郎が戻って来ることはなかった。

第五首　憶良らは

一

時は少し遡り、大五郎が店を出た二十七日の昼のこと。どことも知れぬ隠れ家の一室に、大五郎は捕らわれていた。

（かつて、同じようなところに身を潜めていたから分かる。ここが曰くのある隠れ家だってことは――）

伊勢屋の使いで得意先へ薬を届けた帰り道、待ち伏せていた連中につかまったのである。

まさか白昼堂々、大人の男を攫う連中がいるとは思いもしなかった。完全にその隙を衝かれたわけだが、相手が特に上手だったのは、大五郎が客の家を出てすぐ襲いかかってきたことだ。そこは武家屋敷が建ち並ぶ場所であり、昼とはいえ人通りも少なかった。襲われた時、驚きの余り声を上げたが誰も現れず、本気で助けを呼ぼうとした時にはもう、口に手拭いのような布を詰め込まれていた。そのすぐ後、後頭部を打たれ、気を失ってしまった。

目覚めた時には、手首を縛られた格好で、薄暗い部屋に放り出されていた。

そこは六畳ほどの板の間で窓はなく、出入り口の板戸は閉め切られていた。ただし、隙間から光が漏れてくるので、まだ昼間なのだろう。

（勘が鈍ったものだな）

大五郎は不敵に苦笑を漏らした。

決して安穏な人生を過ごしてきたわけではない。陥れられる怖さも、油断は禁物だということも、骨身にしみていたはずだ。それでも、一年半にわたる放浪生活を終え、無事に息子のもとへ帰れたことで、どうやら気が抜けていたらしい。

（おかしな侍が店に来たから気をつけろと、旦那さんから言われていたのに）

口惜しさが込み上げてきたが、大五郎はすぐに気持ちを切り替え、どうやってここから脱出しようかと考えをめぐらし始めた。

足は動かせたが、手首を縛る縄が柱にくくり付けられており、戸の外には見張りもいるだろう。それに、敵の正体をつかまずに逃げ出したところで意味はない。同じ目に遭うことを恐れながら身を潜めて暮らすのも、どこかへ身を隠すことも真っ平だった。自分はともかく、助松にそんな暮らしをさせるわけにはいかない。

大五郎はまず敵が現れて、要求を出してくるのを待つことにした。

やがて、その時はそれから半刻（約一時間）と経たないうちにやって来た。部屋に、三十路ほどの大柄な侍と、二十歳をやっと超えたくらいの若い侍が入って来たのである。大柄な方は背も高いが、やや太り気味でもあった。

（なるほど、この男が伊勢屋に来た侍だな）

大五郎はひそかに考え、立ったままの男たちを下から睨み据えた。

「伊勢屋の手代、大五郎だな」

大柄の男が口を開いた。大五郎が無言を通していると、相手はにやっと笑い、

「仮の名では返事ができぬと言うのなら、本名で呼んでもよいのだぞ、辻辰馬」

と、続けた。

「何……だと」

この時は意識せず声を漏らしてしまった。

相手は大五郎が元富山藩士であることを調べ上げた上、狙ってきたことになる。薬作りにくわしい者を漁っていて、たまたま大五郎に行き着き、調べて知ったのか。それとも、病云々の話は作りごとで、初めから元富山藩士である自分を狙っていたのか。

「おぬしのことはすべて調べさせてもらった。十年前の脱藩事件も、ここ一年半の失踪も」

相手が一歩近付いてきた。大柄な上、相手が立っているので、威圧されたように感じられる。

「お前は富山の者か」

「おいおい、薬屋の手代ふぜいがこの私を、お前呼ばわりか」

男はわざとらしく顔をしかめたが、「まあ、いい」と続けた。

「おぬしも元は武士だ。田舎侍の無礼を笑って許してやるくらいの度量はある」

(田舎侍というからには、富山の者ではないのか)

大五郎はひそかに考え、同じ問いはくり返さなかった。

「そちらに武士としての誇りがあるなら、この無法について説明をしてもらおうか。今の私は確かに薬種問屋の手代だが、だからといってかどわかしてよいことにはなるまい。これはれっきとした罪だ」

「まあ、そう怒るな」

男は余裕のある笑みを浮かべ、大五郎をなだめにかかる。

「おぬしには用があって来てもらったのだ。ここで、これから依頼するものを作ってもらいたい。無論、金は言い値で支払おう」

「言い値、だと――?」

「さよう。ただし、それが出来上がり、かつ効き目が出たと分かるまではここにいてもらうが……」

「それは……ただの薬ではあるまい」

大五郎の問いに、男はうっすらと笑っただけで返事をしなかった。

「ついては、少々の長丁場になるだろう」

男は勝手に話を進めた。

「それゆえ、まずは伊勢屋におぬしの字で文をしたためてもらいたい。内容はこうだ。とある商いの依頼があり、大変よい話なので引き受けた。急なことだが、相手方の事情ゆえ理解してもらいたい。用事が済んだら帰るから心配はするな。騒ぎ立てれば、こちらの身に危険がおよぶ恐れがある。ざっとこんな感じだ」

「それでは脅しだ」

「私が書けば脅しだが、おぬしが書けば忠告に過ぎまい」

「お前は一度伊勢屋に現れただろう。店ではお前のことを警戒していた。私がこうなって、真っ先にお前のことを怪しんでいるはずだ」

「別にかまわぬ」

男はあっさり答えた。調べられたところで、自分には行き着かないと高をくくっているのだろう。

だが、この返答であの時の侍が自分であったと、認めたようなものであった。

「今、あの時の侍と一緒にいると書きたければ書け」

大五郎の意を読んだ様子で、男は言った。大五郎が無言で男を睨み据えていると、

「おぬしが文を書かないというのなら、それでもいい。こちらから脅しの文を送りつ

けてやるだけだ」

と、男は冷たく言い捨てた。

「私が、死んでもお前の依頼を受けぬと言ったら、どうするのだ」

「人を言いなりにさせる方法などいくらでもある。言い値の代金を払うと言ったのもその一つだ。ま、最も穏便なやり方だが、その親切を受けぬというのなら別の手段に移るまで」

男はにやりと笑ってみせた。

「さて、どうする。自分で書くか、書かないのか」

再度問われた時、

「……書こう」

大五郎は言葉を噛み締めるような調子で答えた。

「よかろう。紙と筆を用意させよう」

男は後ろの若い侍に目配せし、若い侍は部屋を出て行った。その間に、大五郎は部屋の隅に置かれていた机の前まで歩かされ、そこで足を縛られた上、手首の縄をほどかれた。

やがて、若い侍が筆記具を手に戻ってきた。戸口は開け放たれ、外の光が入ってくるが、手もとは暗い。しかし、見えぬほどでもないため、大五郎は黙って墨をすり始めた。

「お前の名を聞かせてくれ」

墨をする手を動かしながら、ふと思い出した様子で大五郎は言った。

「確かに、こちらだけがおぬしの本名を知っていて、おぬしが知らぬのは不公平だ」

取り引きを交わすに当たっては、こちらも本名を教えようと、男は告げた。が、

「ただし」とすぐに続けて言う。

「おぬしが文をしたためた後のことだ」

大五郎が符牒(ふちょう)のようなもので、伊勢屋の者に知らせることを警戒しているようであった。

「いいだろう」

大五郎はうなずき、先ほど男の言った通りのことをそのまま文にしたためた。まだ墨も乾かぬそれを男が確かめ終えた後、

「一つ付け加えたいことがあるが、いいか」

と、大五郎は尋ねた。

「付け加えたいことだと?」

男がそれ以上続ける前に、「私の紡いだ言葉ではない」と、大五郎はすかさず言った。

「歌を一首書くだけだ」

「歌……？」

「昔の人の歌だ。お前も知っているだろう」

そう言うなり、大五郎は一首口ずさんだ。

憶良らは　今は罷らむ　子泣くらむ　それその母も　我を待つらむぞ

「『万葉集』の歌だな」

男は急に慎重な口ぶりになり、どことなく大五郎を警戒する眼差しを向けてきた。

「なぜ『万葉集』を？」

男が『万葉集』にからんでくるのを少し奇妙に思いながらも、大五郎は今、慌てて突かない方がいいだろうと判断し、

「私の倅が知っているのは、『万葉集』だけなんでな」

と、答えた。

「私も倅も富山の出身、大伴家持公への敬意を持っている。『万葉集』に親しむのはさほど驚かれることではないと思うが」

「……ああ。そうだったな」

男は納得した様子でうなずき、なぜその歌なのか言えと迫った。

「これは、山上憶良が宴（うたげ）の席から帰る時の歌だ。家では子が泣いている、その母親も私を待っている、だから、私は帰るのだ、と——。つまり、私が必ず帰ると、倅に伝えるのにふさわしいと思った」

別にどうしてもならぬのなら書かないでもいい、と大五郎が言うと、男は少し沈黙した末に、

「好きにしろ」

と言って、文を大五郎に突き返した。大五郎は「憶良らは」の歌を最後にしたため、再び男に手渡した。男は歌以外のことが書き足されていないことを入念に確かめ、文は伊勢屋に届けさせると言った。それから、若い侍に大五郎の手首を再び縛っておくよう告げると、

「外に見張りがいる。厠（かわや）の時は声をかけろ」

と、大五郎に言い置き、一人先に部屋を出て行こうとする。

「お前の名前を聞いていない」

大五郎がその背へ声をかけると、

「私は舘（たち）という」

男は振り返らぬまま告げ、部屋を出て行った。若い侍は舘の言うまま、無言で大五

郎の手首に縄をかける。こちらの男にも名を訊いてみたが、返事はなかった。やがて、若い侍が一言も口を利かずに外へ出て行くと、部屋の中は再び物もよく見えぬ薄闇に閉ざされてしまった。

二

翌二十八日の朝、平右衛門はさっそく大五郎の失踪を番屋に知らせた。さらに、葛木多陽人にもこの一件を相談するという。そのことを朝、平右衛門から知らされた助松は、使いの役目を買って出た。

「昼までは番屋の報告を待ち、これという知らせがなければ、お前に葛木さまのところへ行ってもらおう」

「はい」

助松は承知し、朝のうちは気がかりながらもいつもの通り、店に出て仕事をする。

ところが、店を開けて四半刻（約三十分）と経たぬうちに、飛脚が一通の文を届けてきた。宛て名は主人の平右衛門であるが、その字を見た瞬間、助松は打たれたような衝撃を覚えた。

（この字はお父つぁん（とっ）の書いたものだ）

差出人の名は包み紙には記されていなかったが、助松は確信した。急いで番頭にそのことを告げると、

「何だって」

目を丸くして宛て名書きに見入った番頭は、そうかもしれないと唸るように言った。

「この文はお前が旦那さんのところへ届けなさい」

そう命じられ、助松は急いで母屋へと走った。

「旦那さんへのお文が届きました。お父つぁんからのものじゃないかと思うんです」

助松の知らせに、

「大五郎からだと！」

平右衛門は大きな声を上げた。部屋にはしづ子もいて、「まあ」と驚きに目を瞠っている。

「父さま、早く中をお確かめください」

しづ子が急かし、平右衛門は急いで文を開いた。

ひとまず一人で目を通した平右衛門は、「お前たちも読みなさい」と助松に文を渡した。助松はしづ子と一緒に文をのぞき込む。読めないところがあれば、しづ子に尋ねようと思っていたが、内容は最後を除けばごく単純なもので、助松にも読み取れた。

「これって、お父つぁんの字に間違いないと思いますけど、本当にお父つぁんが書い

たのでしょうか」

　困惑しながら助松は呟いた。最後には名もしたためられていたが、「仕事を引き受けたのでしばらく帰らない。騒ぎ立てると危険が及ぶので騒がないでほしい」などという内容を、鵜呑みにすることはできなかった。

「書いたのは大五郎さんだとしても、ご自分の考えではないでしょうね」

　と、しづ子が言う。

「ならば、やはり何者かの言いなりになって、書かされたと見るべきだろうな」

「騒ぎ立てれば危険が及ぶとありますが、どうしましょう。父さまは今朝、番屋に大五郎さんのことを知らせてしまいましたのに」

　しづ子が不安げな声で言う。番屋に知らせたのを騒ぎ立てたと見なされたら、大五郎の身が危うくなるのだ。

「大五郎の身を守るのが第一だ。番屋には文が届いたと告げて、探索を打ち切ってもらうしかなかろう」

　無念そうに言った平右衛門は「しかし、心配はしなくていい」と助松に目を向けた。

「その代わり、葛木さまにしっかりとお頼みする。こう言っては何だが、番屋よりよっぽど頼りになる。あの方に任せておけば大丈夫だ」

　平右衛門は力強く言った後、しづ子に目を向けた。

「ところでね、しづ子や。この文の最後に書かれた歌は、どういう意味なのか。助松に聞かせてやりなさい」

「はい」

しづ子は返事をすると、文を手に取った。

「憶良らは今は罷らむ子泣くらむそれその母も我を待つらむぞ」

澄んだ声で歌を口ずさんだしづ子は、「この歌はね」と助松をじっと見つめながら語り出した。

「山上憶良という人が作った歌なの。『憶良らは』というのは、『わたくし憶良めは』とへりくだった物言いなのよ。宴に招かれた憶良が家へ帰る時、その挨拶代わりに作ったものなの。『わたくしめは今から家へ帰ります。家では幼い子が泣いているでしょうし、その母も私の帰りを待っていることでしょうから』という意味の歌よ」

「お父つぁんがおっ母さんと子供のところへ帰る、と言っているんですね」

「そうよ。この歌は大五郎さんがご自分の意思で書き足したのではないかと、私は思うわ」

しづ子は声に力をこめて言った。

「助松には母さまがいないから、この歌の通りではないけれど、大五郎さんはちゃんと助松のところに帰ると言ってくれているのよ。そのことを伝えるために、この歌を記したんだわ」

「お父つぁんは帰って来る……」

助松は自分に言い聞かせるように呟いた。

「その通りだ。我々は大五郎を信じて待つことにしよう」

平右衛門は助松を励ますように言い、「お前はこれからすぐに葛木さまのところへ行ってくれ」と仕事を命じた。

「私が今から文をしたためるから、それとこの文を両方持って行きなさい。もしお留守なら、私の文だけを預けて、大五郎の文は持ち帰ってくるんだ。いいね」

「分かりました」

「私の文にくわしいことは書かないが、葛木さまがお宅においでなら、お前から事情をお話ししてかまわない。いずれにしても、一度こちらへお越し願って、私からもしっかりとお願いするからね」

しばらくここで待つように言い置くと、平右衛門は書斎へと向かった。助松が待つ間、しづ子も部屋に残り、

「葛木さまにお任せしていれば大丈夫だと、私も思うわ」

と、優しく慰めてくれる。

「はい、おいらもそう思います」

助松は声を張って答えた。しづ子には心配をかけたくなかったし、気弱になっているとも思われたくなかった。

「あまり思い詰めないでね」

目をじっとのぞき込むようにしながら言われると、少しだけどきどきする。思わず目をそらしてしまうと、

「ところでね、助松に話そうかどうしようかと迷っていたのだけれど……」

しづ子はその後、話を変えた。

「実は、明後日（あさって）、賀茂先生のお宅へ伺うことになっているの。助松も一緒にと思っていたのだけれど……」

と、躊躇（ためら）いがちに、しづ子は続ける。

「こういうことになってしまったから、気が進まないかしら」

「いいえ、お供させてください」

しづ子の言葉が終わらぬうちに、助松は躊躇いなく答えていた。父のことを思えば、歌の謎解きどころではなかったが、何もできないのならば、気のまぎれることがあった方がいい。

「あの『万葉集』の歌のお話ですよね。賀茂先生や千蔭さまは何か気づかれたのでしょうか」

「今は何も伺っていないけれど、それを聞きに行くつもりよ」

「明後日ですね。承知しました」

無理かもしれないけれど、ぎりぎりまで歌解きも頑張ります、と助松は付け加えた。

「昼八つ（午後二時頃）にあちらへ着くことになっているわ。番頭さんには私から話をしておくから」

歌への関心を失っていない助松の様子に、しづ子は少し安心したようであった。

三

それから、助松は平右衛門の文を受け取り、神田に暮らす多陽人の家へ向かった。途中、はやる気持ちをこらえようがなく小走りになったためか、いつもより早く到着した。

多陽人が暮らしている一軒家は何度か訪れたことがある。屋敷地の内を横切ってまっすぐそちらへ向かい、玄関口から「日本橋の伊勢屋です」と声をかけると、

「おやおや、助松はん。お待ちしてましたで」

奥から現れたのは多陽人本人であった。

「え、待っていたって……？」

助松が訊き返すと、多陽人は「へえ、待ってたんどす」と澄ましている。

「前もってお知らせはしてませんけど」

「せやけど、分かってましたのや」

と、多陽人は言った。

「今、来客中なんどすが、その方の依頼を占うてましたら、間もなく別の客が来ると出ましたのや。それが助松はんや。そして、今来てはるお客はんと助松はんにはつながりがある」

多陽人は謎めいたことを言う。

「おいらが知ってる人なんですか」

「いや、たぶん知らんお人やと思います」

あっさりと多陽人は答えた。多陽人の言うことはやはりよく分からない。

「ええと、おいら、どうしたらいいんでしょう。そのお客さんの御用が終わるまで待つのはかまいませんけど」

「いいや、助松はんの話を聞くことが、そのお方のご依頼にも関わりそうやさかい、先に聞きまひょ。まずは、そちらのお客はんとは別の部屋で聞きますさかい、安心しとくれやす」

そう告げる多陽人によって、助松は前にも通されたことのある書棚に書物のいっぱい詰まった部屋へ通された。

そこで、助松は平右衛門から預かった文をまず渡し、その後、促されるままに大五郎の文を渡し、昨日父が帰って来なかったことを話した。さらに、その前々日、薬作りの奉公人について尋ねていった侍のことも、覚えている限り正確に話した。

「なるほど、そないなことになってましたか」

多陽人は話を聞き終わると、大五郎から届いた文を取り上げ、

「これを使って確かめたいことがあるのやけど」

と、言い出した。

「葛木さまにとって必要なら、お考えの通りにしてください」

「ただ、それを一緒に見てもらいたいお人がいますのや」

「先にいらしているお客さまのことですね」

「へえ。とはいえ、この文を読まれるのは気も進まんやろ。せやさかい、ここの歌の部分だけ使わせてもらうのはどないやろ」

多陽人は「憶良らは」の歌を指さして言う。他の箇所は見えないように折り畳むというので、助松は承知した。

すると、多陽人はもう一人の客人にも尋ねてくると言い、助松を残して部屋を出て行った。

ややあって戻って来た多陽人は、先方の客も承知し、用意も調ったので部屋を移ってほしいと告げた。助松は多陽人の後について、客間と思われる部屋へ移動した。

そこにいたのは、三十路くらいの小柄な侍であった。品のよい整った顔立ちをしており、人柄も穏やかそうに見える。

(やっぱり知らない人だ)

助松は心の中で思い、どう挨拶したものか迷ったまま、黙って頭を下げた。

「お互い名乗らんといてください。お二人の許しがあった時、私の方からお引き合わせいたしまひょ。どちらかが反対しはった時は、すぐに部屋を分けますさかい、ここで会うたことは忘れてしもておくれやす」

「葛木殿の申すことはよく分からぬが、まあ、いい。我々は同じものを見せられるため、ここに同席させられたようだが」

侍が多陽人を促した。

「へえ。ここに、お二方がそれぞれお持ちになったものがあります」

多陽人は懐から、先ほど渡した大五郎の文と、一枚の短冊を取り出して、机の上に置いた。大五郎の文は例の歌だけが見えるように折り曲げられてある。侍は机のそばに座っていたが、多陽人は助松にも机のそばへ寄るようにと告げた。

机の上をのぞき込むと、短冊に書かれていた文字に自然と目がいく。几帳面で四角張った感じの筆跡で、無論、父のものではない。

あかねさす　日は照らせれど　ぬばたまの　夜渡る月の　隠らく惜しも

「これは、歌……？」

思わず呟いた助松に、多陽人はうなずいた。

「へえ。一応、説明させてもらいますと、これはどちらも『万葉集』の歌。短冊に書かれてるんは、次の天皇さまになるはずやった草壁皇子というお方が亡うならはった時に、柿本人麻呂というお人が詠んだ歌どす」

「柿本人麻呂さんの歌だったんですね」

思わず口走った助松に、侍が不思議そうな目を向けた。

「ほう、柿本人麻呂を知っているとは……。どこぞの店の奉公人と見えるが」

「お待ちください。互いの身の上を探るようなお言葉は、今はお控え願います」

多陽人がすかさず侍に言い、侍は「そうであったな」と反省の色を浮かべ、助松にも済まぬと告げた。

「『あかねさす』は『日』を、『ぬばたまの』は『夜』を導く枕どす。お天道さまは空に照っているけれど、夜空を照らすお月さまのごとき皇子さまがお隠れになってしもて残念や、と言うてはります。そして、『憶良らは』の歌の方は、言わずと知れた山上憶良が宴の席を退出する際、その挨拶として詠んだ歌どす」

侍に歌の解説は必要ないということなのか、「憶良らは」の歌の説明はすぐに終わった。

「ほな、しっかり見といておくれやす」

多陽人はそう言うなり、文と短冊の上で右手を二、三回振った。手についた水滴を払うようなしぐさに見える。それから、多陽人は右手を軽く握り、人差し指と中指の二本だけを立てると、何やら唱え出した。

「人、彼を隠さんとすれども、因果の法を逃れることあたわず。彼を回帰せしめ、真実の形をあらわしめよ。オン、アラハシャノウ」

その後、信じがたいことが目の前で起こった。父の文と短冊から灰色の煙のようなものが、ゆらゆらと漂い始めたのだ。まるでそこに書かれた文字が紙の上に浮き上がり、煙となって立ち上っているかのような——。

「うわっ」

助松は思わず声を上げた。侍は声こそ上げなかったが、瞬き(まばた)もせず煙に見入っている。

そして、多陽人は二種類の煙の動きをじっと見据えていた。

父の文と短冊のそれぞれから、一筋ずつ浮き上がってきた煙は、助松たちの頭上辺りで渦を描き始める。それは初め別々の渦を描いていたが、やがて交わり始め、そのうち一つの大きな渦となっていった。

「見てはりますか」

多陽人が二人に言う。

「別々に書かれた墨がああやって一つになってますやろ」

「あの煙は墨なのか」

侍が驚いた声を上げた。

「へえ。文字になる前の墨だけを、呪法によって浮き上がらせたんどす」

呪法を解けば元に戻るから安心してほしい、と付け加えた後、

「墨の煙は元が同じものであれば、ああして混じり合います。せやけど、別々のもんやったら、いつまでも混じり合うことなく、別々の渦を回り続けるんどす」

と、説明を続けた。

「では、この紙と短冊に歌を記す際、それぞれ使われた墨は元は同じものだったということか」

「へえ。少なくとも、同じ原料を使い、同じ時に同じ場所で作られたもので間違いのうおす。ま、疑わはるんなら、別々の墨で同じ呪法を試してみてもええどすけど」

「いや、いい」

侍は気の抜けたような声で呟き、助松も声は出せなかったが、首を横に振った。

二人の返事を確かめた後、多陽人は「解」と静かに唱えた。すると、墨の煙はまた二つの渦巻きへと戻り、先ほどとは反対に下降し始める。やがて、二筋の煙はすうっと紙の中へと入っていったように見えた。

煙が消え失せた後の机上には、文と短冊だけが載っている。そこにしたためられた文字は先ほどと何一つ変わらぬものであった。

助松は何度も瞬きし、手の甲で目をこすりもしたが、どこも変わったところなどない。まるで夢でも見ていたかのような心地であった。

「ほな、話を先に進めまひょ。お二人がお持ちになったものは、同じ墨を使って書かれたものと分かりました。しかし、筆跡が異なるのは御覧の通り。書いた人物は同じやおへんが、何らかのつながりがあるということはご納得いただけましたやろか」

「うむ。にわかには信じがたいことであるが、あのようなものを見せられれば信じぬわけにはいかぬであろう」

侍が落ち着きを取り戻した声で言う。助松も黙ってうなずいた。

「ほな、ここからが本題どすが、お二人ともあるご依頼を持って、私のところへ来はりました。しかし、何らかのつながりがある以上、一緒に解決していくのが望ましゅうおす。たとえば、お二人を困らせている原因が、同じ人物ということもないわけやおへん」

「なるほど」

侍が歯切れのよい口ぶりで言った。

「葛木殿の申したいことは分かった。我々が知っていることを互いに明かし、その上で解決を図っていきたいということだな」

「お互いに隠したいこと、隠さなあかんことがあるとは思います。せやけど、それ以上に解決せなあかんことがあるのと違いますか。せやさかい、ここでは隠しごとはせん、その代わり、ここで知ったことは余所には明かさへん、ということで納得していただけまへんやろか」

侍はすぐに返事をしなかった。助松も返答に困っていた。

「あのう、葛木さま」

侍が無言でいる間に、助松は口を割った。

「おいらは旦那さんのお使いで来ているので」

「それは分かってます」

と、多陽人は言った。

「せやけど、ここはご自分でお決めやす」

他ならぬ助松はんのお父はんの問題どすやろ――声に出しては言われなかったが、助松の頭の中に多陽人の声が直に響いてきた。

「お答えを聞く前に、お二人にお伝えせなあかんことがありました」

多陽人が思い出したような声で言った。その目がまず助松へと据えられる。

「こちらのお侍さまはな、山富さまの仲立ちで私のとこへ来はったんどす」

「えっ、山富さまの――？」

助松は思わず大きな声を出してしまった。

富山藩で父を脱藩に追い込んだ陰謀を暴こうとし、脱藩後も父を助けてくれた侍である。

「山富……？」

目の前の侍は怪訝な表情を浮かべていた。

「それは、あの方の仮の名とお考えやす」

それ以上の口を封じるように多陽人が言い、侍も我に返った様子で口をつぐんだ。

「そして、この小僧はんどすが」

と、多陽人は次に侍に目を据えて言った。

「実はあのお方と深い縁のあるお子どす。小僧はんのお父はんが、と言うた方が正確かもしれへんけど」

これ以上は、ご承知の後でないとお話しできまへんが――と、多陽人は言って口を閉ざした。

侍が探るような眼差しを助松に向けてくる。信じがたいものを見るようなその目は、それまでになく揺れ動いていた。

一方、助松の心も動揺していたが、あの山富の知り合いであるなら信用してもいいという気持ちに大きく傾き始めていた。

「よろしい」

助松よりいち早く、侍が口を開いた。

「ここまできたら一蓮托生と思うことにいたす。こちらは葛木殿に話す内容を、すべて知られることをよしとしよう。これが私の返答だ」

侍の表情にもはや迷いはなく、その態度も毅然としたものであった。

「ほな、次は――」

多陽人から促されるのとほぼ同時に、

「おいらもかまいません」

と、助松も覚悟を決めて答えた。一瞬の後、多陽人が晴れやかな笑顔を浮かべた。

「これで決まりやな」

思わず目を奪われそうになる笑顔のまま、多陽人は侍に助松のことを引き合わせた。

日本橋の薬種問屋伊勢屋の小僧であること、父親の大五郎もそこで手代として働いていることを告げた後、

「こちらは、田沼主殿頭意次さまとおっしゃいます」

と、助松に侍を引き合わせた。

「千代田のお城にお勤めで、小姓組番頭でいらっしゃります。ま、小姓の中でいちばん偉いお人とお思いやす」

「それじゃあ、公方さまにお仕えしてるってことですか」

山富の知り合いというので、富山藩士かと想像していたが違っていた。

「上さまのおそばに仕える者は大勢いる。その中でも私は若輩だが」

田沼は律儀そうな口ぶりで告げた。

「まあ、細かいことはおいおい。今はこのくらいでええどすやろ。次に、お二人が私に依頼しはった件について、私からお話ししてよろしおすか」

多陽人は助松と田沼に尋ね、それぞれの許しを得た後、まず田沼の依頼について語り出した。

それは、上役に当たる大岡主膳を守ることだという。将軍は言葉を明瞭に発することができないのだが、大岡はそんな将軍の意を解せるただ一人の人物であった。大岡がいなければ、将軍の日常は立ち行かないほどであるのだが、その大岡の膳に毒が盛

られていたことがあったそうだ。幸い大岡は口をつけず事なきを得たのだが、その後、先の短冊の歌が大岡の部屋にそっと置かれていた。

「先の歌は、草壁皇子というお方が亡うなった時に作られたと言いましたやろ」

　多陽人の言葉に助松はうなずく。

「草壁皇子はもともとお体の弱いお方やったらしい。皇太子のまま亡うなってしまわれたんどすが、皇子には弟がおりましてな。それが大津皇子（おおつのみこ）という優れた皇子さまやった。大津皇子は謀反の罪で自害に追い込まれたんやけど、わざわざ草壁皇子の挽歌（ばんか）を大岡さまに届けたのには、敵の思惑があったんや」

「おそれ多くも、上さまを草壁皇子になぞらえているのだ」

　田沼が腹立たしげな口ぶりで言い捨てた。

「皇子さまになぞらえること自体は、失礼には当たらへんのやけど、挽歌というんが穏やかやないやろ。それに、公方さまには出来のええ弟君もいてはるさかい、そちらが大津皇子というつもりなんかと、思えてしまうのやな」

「出来のいい弟君って……」

「田安さまや」

　多陽人の返事に、助松は声を押し殺すのがやっとだった。田安家といえば、賀茂真淵が出入りしている屋敷であり、例の『万葉集』の写本がすり替わったのもその屋敷である。

だが、多陽人はその話には触れず、

「とにかく、そないなことがあったさかい、田沼さまはその主犯を突き止め、大岡さまの御身を守りたい、言わはりますのや」

と、田沼の話をまとめた。それから、助松の父大五郎失踪の一件が、多陽人の口から田沼へ説明される。

「助松はん、お父はんの出身地のこと、田沼さまに話してもええどすな」

失踪の話が一段落したところで、多陽人は改めて助松に尋ねた。失踪の件とは関わりないかもしれないが、大事なことであるため、田沼に伝えておきたいということらしい。隠しごとはしないという取り決めだったので、助松は覚悟を決めてうなずき返した。

「大五郎はんは、元は富山藩の武士どしたのや」

元の名を辻辰馬といい、藩内でも重職を担う立場だった。しかし、藩主前田家とも縁の深い重臣長月(ながつき)家の陰謀により、故郷を追われる身となる。その長月家と手を結んでいた薬種問屋が丹波屋といい、今、その陰謀が暴かれようとしているところだと、多陽人は簡単に説明した。

「その件で大五郎はんを助けてたのが、田沼さまに私の話をしたお方どす」

田沼に対しては「山富」という名を使わずに、多陽人は告げた。

「なるほど、ただの商家の小僧ではなかろうと思っていたが、そういうことか」

田沼は助松を見ながら、納得した様子でうなずいている。

（お父つぁんはともかく、おいらはただの小僧なんだけど）

ひそかにそう思ったものの、元武士の息子という立場が田沼の信頼となったのは確かなようであった。

「今の話からすると、そなたの父をさらった者の目的は毒を作らせることかもしれぬ」

田沼は助松を相手に、そう推測を語った。

「薬作りにくわしい者を尋ねていった侍のことも気になります。薬と毒は表か裏かという違いだけで、根は同じどすさかい」

助松に代わって、多陽人が応じる。

「主膳殿に毒を盛った輩（やから）が大五郎とやらをさらい、新たな毒を作らせようとしているのだろう。そして、その者が自分の墨で大五郎に文を書かせた。ゆえに、使われた墨が同じだったというわけか」

田沼は考えをまとめるふうに言い、それから多陽人に目を向け、

「いずれにしても、この者に引き合わせてもらえたことに感謝いたす」

と、述べた。今はこれ以上のことは分からないため、この日はそれぞれ引き揚げることになったが、この先、田沼と助松がそれぞれ知り得たことは、多陽人の口を通して知らされることになった。

「そなたの店に来たという侍について、私も調べてみよう。特に田安家の家臣団が怪しいからな。大柄でやや太り肉の三十前後の男であったな」

例の侍の容姿について、助松にしつこいくらいに確かめた後、田沼は先に帰って行った。

「ほな、私は伊勢屋へ行って、旦那はんからくわしい話を聞くことにいたしまひょ」

多陽人は助松と一緒に伊勢屋へ赴くという。その前に、

「賀茂先生の『万葉集』のこと、田沼さまに打ち明けていないんですね」

と、助松は多陽人に確かめた。

「それは、余所に漏らさん約束どしたやろ」

多陽人から言われて、助松は「あっ、そうでした」と思わず声に出していた。

あれだけ父の前で歌の手本を隠そうとしてきたのに、その父が行方知れずとなった途端、そのことに気を取られて、うっかりしてしまっていた。

「まあ、符牒のこと以外は話してもええんやけど、読み解けんうちにお話ししても、話を複雑にするだけやさかい」

しかるべき時が来たら、賀茂真淵の許しを得た上で話すかもしれないと、多陽人は言った。

「それに、田沼さまや助松はんが私に隠しごとをしたらあかんけど、私のところで話を止めるのは、違反やおへんやろ」

多陽人は平然とした様子で付け加える。そういえば、多陽人はすべてを打ち明けるなどとは約束していなかった。

「ところで、田沼さまのお話は伊勢屋の旦那はんには内緒やで」

多陽人は外へ出る前に、助松に念を押した。

「相手が助松はんやさかい、田沼さまは打ち明けてくださったのやからな」

「分かりました」

旦那さんに秘密を持つのは申し訳ないと思うが、ここは仕方がない。

「もちろん、お嬢はんにも話したらあきまへん」

いつになく厳しい口調で、多陽人から言われ、

「はい、分かりました」

助松は首をぶんぶんと縦に動かした。

第六首　浅茅原（あさぢはら）

一

助松と多陽人が伊勢屋に着いたのは、昼九つ（正午）になろうという頃であった。大五郎からの文が届いた件はすでに番屋に知らせ、探索は打ち切ってもらったという。平右衛門は改めて多陽人に事情を話し、正式に人捜しの依頼をした。助松もその席に加わったが、多陽人は大五郎が失踪する前、伊勢屋に来た客について、さらにくわしい説明を求めた。それらの話が大方終わったところで、

「大五郎はん失踪の件、奉公人にはどない言うてはるんどすか？」

と、平右衛門に尋ねた。

「昨日、大五郎が帰って来なかったことは皆も知っております。今朝、文が届いたことはまだ伝えておりませんが、騒ぐなと書かれていたことは伏せた上で、今日のうちにも伝えるつもりです」

平右衛門の言葉に、多陽人はうなずいた。

「ほな、それは今日の店じまいの後にお願いできますやろか。私はそれまでに、番頭はんや手代はんらに話を聞かせてもらいまひょ。もちろん、お仕事の迷惑にはならん

ようにしますさかい」

多陽人の申し出に承知した上で、平右衛門はしづ子も大五郎からの文を見ていると付け加えた。

「分かりました。ほな、お嬢はんにも騒ぐなという文言については漏らさんよう、伝えといておくれやす」

と、多陽人が言い、話は終わった。最後に、平右衛門が助松に目を向ける。

「大五郎のことは気にかかるだろうが、こうして葛木さまがお引き受けくださったのだから大丈夫だ。こういう時でも、お前がしっかり仕事をしていたと知れば、大五郎も喜ぶに違いないよ」

主人の励ましに、「はい」と返事をし、助松は多陽人と共に部屋を出た。多陽人を店へ案内する予定だったが、すぐそこの廊下にしづ子が立っている。

「あの、葛木さまがいらしたと聞いて……」

躊躇(ためら)いがちに切り出したしづ子は、途中で気を取り直すと、

「聞いていただきたいお話があって、そちらのお話が終わるのを待っていましたの」

と、一気に言った。

「そうどすか。私は別にかましまへんけど」

多陽人の返事を受け、助松は「なら、おいらは店へ戻ります」と言った。

「お話は少しで済みますが、私の部屋へ来ていただけますでしょうか」

しづ子の声がいつになく遠慮がちに聞こえるのを背に、助松は店へと向かった。


「旦那はんや助松はんのおるところでは、口にできひんお話どすか」

しづ子が用心深く戸をきっちりと閉めた後、多陽人は尋ねた。

「……はい。その通りです」

しづ子は多陽人の前へ座ると、堅苦しい声で答えた。

「何の話どすやろ」

「大五郎さんのことなんです」

「助松はんのお父はんのこと？」

助松にも秘密にしなければならぬ大五郎の話とは何なのかと、多陽人の眼差しが訝しげなものとなる。

「助松は知っていることです。でも、そのことを私が知っていると、できれば、あの子に知られたくなくて」

しづ子は困惑気味に告げ、一度口を閉ざした。多陽人はもはや口を開かず、しづ子が語り出すのを待つふうである。しづ子は心を決め、口を開いた。

「大五郎さんはうちで薬を作る仕事をしております。これは、薬の知識がしっかりした者でなければ作れませんので、奉公人の中でも特に限られた者の仕事になります」

「そういえば、助松はんもそないなことを言うてましたなあ」

深刻な表情を浮かべるしづ子の前で、多陽人はのんびりとした口ぶりで言った。

「ご存じの通り、大五郎さんは富山から来た人ですので、薬作りの知識があるのは当たり前です。前のご身分のこともありますし、父さまも信頼しているのでしょう。でも……」

しづ子は一度うつむき、呼吸を整えてから、顔を上げて語り出した。

「大五郎さんはとても大事なことを、父さまに隠していました。うちが富山から仕入れている反魂丹(はんごんたん)を、大五郎さんはご自分で作れるんです。それなのに、そのことを黙っていて、助松にも黙っているように命じていました。私はたまたまその話を聞いてしまって……」

「大五郎はんはお嬢はんに話を聞かれたことを、気づいてはるんどすか」

「……わかりません」

しづ子は再びうつむき、小さな声で答えた。

「私がたまたま話を聞いてしまった時、大五郎さんが長屋の部屋から出て来て、声をかけてきました。でも、その時、大五郎さんの口にした歌が何だか怖くて」

「歌……？　どないな歌やったんどすか？」

まそ鏡　照るべき月を　白妙(しろたへ)の　雲か隠せる　天(あま)つ霧かも

しづ子は震える声で歌を口ずさんだ。

曇りのない鏡のように照る月を隠したのは白妙の雲か、はたまた天上の霧か。

夜空の月を詠(よ)んだ歌と思えば、ただそれだけのことだが、曇りない月を「真実」の比喩と考えれば、含みのある歌となる。

目の前のものだけを詠んで、思いを隠す――作者の意図とは違うかもしれないが、大五郎が歌えば「譬喩歌(ひゆか)」そのものであった。

「ははあ。真実は霧に隠されてる、という意味どすか」

多陽人はしづ子の恐れをすぐに察したようであった。

「そうなんです。これ以上、何かを知ろうとするな、と言われたようで」

「ほな、その後、大五郎はんからその手の話をされたことは？」

「ありません。私もその後はなるべく大五郎さんと口を利くのを避けてましたし」

「そのわりには、助松はんのことをかまったり、連れ回したりしてるようやけど」

「連れ回すだなんて、おかしな言い方しないでください――と、しづ子は少し声高に言い返した。

「助松をかわいいと思う気持ちとはまた別です。助松はいい子ですもの。あの子が反魂丹のことを黙っているのは大五郎さんに命じられてのことですし」

助松はともかく、大五郎のことでは他にも気になることがあるのだと、しづ子は話を元へ戻した。

「反魂丹のような薬を作れる人は、毒も作れるのではないでしょうか」

しづ子の問いかけに対し、多陽人は明確な返答をしない。

「私、辻家の人々と一緒にいたことがありましたでしょう？」

と、しづ子は大五郎の武士時代の家名を口にした。前に、しづ子は真実を暴きたいという大五郎に力を貸し、しばらく深川の隠れ家で過ごしていたことがあり、その時、大五郎の甥である主税、姪の千枝と一緒にいた。

「その時、朝鮮朝顔の種を胡麻に見せかけたものを出されたことがありました。口に入れる前に主税さまが止めてくださいましたし、死ぬほどの毒でないことも説明されました。でも、後から思ったんです。毒にしろ薬にしろ、草木からその力を引き出して使うことに、辻家の方々は長けているのではないだろうか、と」

「なるほど、それはあり得ることどすな」

「葛木さまもそうお思いになりますか」

しづ子は声を高くして訊き返した。

「お嬢はんは恐れてはるんやろ。大五郎はんはかつて、長月家のご当主に毒を盛った濡れ衣により藩を追われたことになってます。けど、もしかしたら濡れ衣というのが嘘で、ほんまは毒を盛ってたんやないか、と」

しづ子が口にするのを躊躇っていたことを、多陽人は実にあっさり、しかもあっけらかんと口にした。

「大五郎はんが姿を消さはったさかい、余計に心配になってはる。反魂丹を作れるほどの腕をよくない連中が欲しがったんやないか。あるいは、大五郎はんが自ら姿を消さはったんやないか、と――」

「……その通りです」

しづ子の気に病んでいたことを、すべて語らずとも多陽人は理解してくれる。その安心感はしづ子を少しだけ楽にしてくれた。しかし、多陽人はしづ子の恐れや不安に同調しているわけではない。

「お嬢はんのご心配は分かりました。そのことは、私がきちっと心に留めときまひょ。せやけど、お嬢はんの疑問への答えは出せまへん。それは、大五郎はんご自身に問いかけるんがいちばんやないかと思います」

「大五郎さんに――？」

しづ子は少し怯んだ声を出した。

「お嬢はんが訊くのが怖い、言わはるんなら、私が訊いてもええどす」

多陽人の声がいつになく優しい響きを帯びたように、しづ子には感じられた。

「私が依頼したら、お引き受けくださるということですか」

「へえ、かましまへん」

「ならば、お願いします。大五郎さんを見つけ出して、私の代わりに訊いてください。もちろん、お代は父さまとは別に私がお支払いしますから」

しづ子が真剣な眼差しで頼むと、多陽人は「承知しました」と静かな声で受けた。

「ほな、私はこれで」

多陽人が少し頭を下げたので、しづ子はうなずいた。すると、立ち上がりかけた多陽人は、途中でふと思い出したように動きを止めると、

「最後に一つだけ、お嬢はんに忠告どす」

と、言い出した。

「毒を作る知恵があるから言うて、即悪人になるわけやおへん」

多陽人の声は淡々としたもので、決して咎めるふうでも諫めるふうでもなかったが、しづ子はその意味を察するなり恥ずかしさを覚えた。自分が必要以上に大五郎を恐れていたのは、まさに多陽人の言う通りの思い込みをしていたからだ。

「悪事を働くかどうかは、徳があるかないかで決まるもんどす。知恵のあるなしは関

わりおへん」

ま、知恵があって徳のないもんがいちばん厄介やけど……と付け加えて、多陽人は軽く笑ってみせた。

（まるで夏の陽射しのような――）

そのあまりのまぶしさに、しづ子は一瞬見とれていた。

その時、最後まで心につかえていたものがようやく消えたのを、しづ子は感じた。

二

この年の五月は小の月なので三十日はなく、二日後に暦は六月を迎えた。大五郎の行方は依然としてつかめぬままである。

この日、助松はしづ子の供をして、八丁堀の賀茂真淵宅へと向かった。昼八つ（午後二時）の鐘が鳴る少し前に到着すると、通された部屋には真淵と千蔭が待ち受けていた。

「先生にはすっかりご無沙汰しておりまして」

しづ子が挨拶すると、真淵は「いや、こちらこそ」と穏やかな調子で受けた。

「あれ以来、講義を開くこともできなくなってしまいましたからね」

「ご講義再開のためにも、一日でも早く『万葉集』の符牒を解き明かし、悪人を懲らしめてやりませんと」

千蔭は歯切れのよい口ぶりで言う。

「その件ですが、私もこの助松も懸命に考えてみたものの、今のところさっぱりでございます」

しづ子が溜息混じりに切り出すと、

「それについては、千蔭殿よりぜひとも話したいことがあるそうですよ」

真淵が微笑を湛えた目を千蔭に向けながら告げた。

「もしや、若さまは和歌の謎をお解きになられたのですか」

しづ子が目を瞠って言い、助松も驚きの目を千蔭に向ける。

「まだ一部にすぎませんが」

と、千蔭は慎ましい態度で言いながらも、その声と表情には得意げな色が滲んでいた。ただ、千蔭の場合、それが少しも嫌みなふうには感じられない。

「ぜひ、ご披露ください」

しづ子が熱心に頼み、後ろに座っていた助松も前へ招かれ、しづ子の隣で聞かせてもらえることになった。

「では、例の十二首を記したものがあれば、御覧ください」

千蔭の言葉を受け、助松はしづ子が書いてくれた手本の紙を懐から取り出した。真淵としづ子もそれぞれ用意している。

「助松も持っていたんだな」

千蔭が助松に親しげな笑みを向けた。

「はい。お嬢さんが書いてくださったんです」

助松は二枚の紙を広げ、一枚を膝の上に、一枚を手に取った。

「ご存じの通り、巻三に六首、巻十四に六首、合わせて十二首の歌がひらがなに直されております。これは注意を要する数であると思われます」

千蔭が真面目(まじめ)な顔つきで説明を始めた。

「十二といえば、暦の月の数であり、十二支もございます。そこで思い出してください。二冊の写本のどちらにも、最後に書き込まれていたという三行の符牒を——」

千蔭は高らかに言い、懐の中から改めて別の紙を取り出した。

「これが、あの時、葛木殿より示された三行の符牒です」

巳壱申参丑肆戌肆
三二一四二一四五三一一四一
三四三三一四六三五一四四

確かに、あの時に見たのと同じ符牒が書かれている。

「ここに、干支の文字があります」

千蔭は言って、一行目を指で示した。

「巳、申、丑、戌、の四つです」

助松はうなずいた。しかし、何かが頭の片隅に引っかかっている。千蔭の説明が始まった時からずっと、もやもやと気になってならない何か――。だが、助松がそれに気づくより早く、千蔭の話は先へ進んでしまった。

「私は、干支が何らかの関わりを持つと考え、十二首の歌に干支を当てはめてみました。それがこちらです」

千蔭は自分が取り出した紙を、他の三人が見えるように差し出してきた。そこには例の歌が十二首書かれているのだが、上には干支の文字が振られている。

子　たまもかる　敏馬を過ぎて　夏草の　野島の崎に　舟近づきぬ
丑　あまざかる　鄙の長道ゆ　恋ひ来れば　明石の門より　大和島見ゆ
寅　倉橋の　山を高みか　夜ごもりに　出で来る月の　光乏しき
卯　名くはしき　稲見の海の　沖つ波　千重に隠りぬ　大和島根は

辰　み吉野の 滝の白波 知らねども 語りし継げば 古思ほゆ
巳　浅茅原 つばらつばらに もの思へば ふりにし郷し 思はゆるかも
午　入間道の 於保屋が原の いはゐつら 引かばぬるぬる 吾にな絶えそね
未　足の音せず 行かむ駒もが 葛飾の 真間の継橋 やまず通はむ
申　吾が恋は まさかもかなし 草枕 多胡の入野の 奥もかなしも
酉　誰そこの 屋の戸押そぶる 新嘗に わが背を遣りて 斎ふこの戸を
戌　青柳の 張らろ川門に 汝を待つと 清水は汲まず 立ち処平すも
亥　あぢかまの 潟に咲く波 平瀬にも 紐解くものか かなしけを置きて

――こっちに六首で、こっちも六首か。何だ、十二支みたいだな。

千蔭から示された紙の文字と、父の声が重なり合った。

「あっ！」

と、思わず声が出てしまう。

（あの時、お父つぁんは十二支って言ってたんだ）

どうして、自分はあの時、すぐに千蔭のように考えを進められなかったのだろう。

自分の迂闊さが情けない。

「どうかしたのか」

助松が声を上げたので、千蔭が驚いたような目つきをしていた。真淵としづ子も助松の方を見つめている。

「い、いえ。おいらも十二首で干支みたいだなって思っていたのに、こういうふうに当てはめることは思いつかなくて」

父が言ったことは隠し、自分で思いついたことのように話すと、

「それは仕方がないわ」

と、助松を庇うように、しづ子が口を挟んだ。

「誰かに見られたらいけないので、数字の入った符牒は、私が助松には渡さなかったのです。和歌ならば人に見られてもお手本だとごまかせますけれど、こちらは無理でしょう？」

「なるほど。むしろそういう状況で十二支にたどり着いていたのが、助松の賢いところですね」

千蔭の言葉に、しづ子が満足そうな表情でうなずいているので、助松はかえって恥ずかしくなった。ましてや、思いついたのも本当は自分でなくて父なのだから、それを黙っているのも申し訳なくなる。

「それで取りあえず、符牒にあった巳、申、丑、戌の四首だけを抜き出してみます」

と、千蔭がさらに説明を続け、新たにその四首だけが書かれた紙を取り出した。畳

の上に置かれたそれを、真淵としづ子、助松の三人でのぞき込むようにする。

巳　浅茅原　つばらつばらに　もの思へば　ふりにし郷し　思ほゆるかも
申　吾が恋は　まさかもかなし　草枕　多胡の入野の　奥もかなしも
丑　あまざかる　鄙の長道ゆ　恋ひ来れば　明石の門より　大和島見ゆ
戌　青柳の　張らろ川門に　汝を待つと　清水は汲まず　立ち処平すも

「次に『巳壱申参丑肆戌肆』にある数字です。ここには、一から四までの数字が大字（だいじ）で書かれています。この数字の意味を考えるのに苦労したのですが、句の位置を指しているのではないかと考えてみました」

一首は五句で成り立っている。一句とは言わず初句、そして二句、三句、四句と続き、最後は結句。ひとまず五までの数字で事足りるわけだ。

「そうなると、巳の歌の一句目」

そう言って、千蔭は「浅茅原」を指さした。

「次が、申の歌の三句目」

と、「草枕」を指で示す。

「次が丑の四句目で、最後が戌の四句目」

と、「明石の門より」と「清水は汲まず」の部分を順に示していく。

「浅茅原、草枕、明石の門より、清水は汲まず」

順番に呟いていったしづ子が、「それで歌になるわけでもないのですね」と小さな声で呟く。五音、五音、七音、七音の組み合わせだ。

「そして、特に意味がつながるわけでもないのです」

千蔭が続けて言った。

「ところで、干支と数字は、日付や時刻を表しているのではないかと、前に私が申し上げたのを覚えておられるでしょうか」

「そういえば……」

と、しづ子が思い出したふうに呟く。

「仮の話ですが、この符牒が表しているのは、何らかの事件が起きる時と場所だとしましょう。あるいは、内密の会合や取り引きが行われる時と場所かもしれません。符牒でそういうことを伝えるのは、十分に考えられることだと思います」

千蔭の意見に、皆が思い思いにうなずいた。

「もしも数字の符牒が日付や時刻を表しているとするなら、和歌は場所を指しているのではないかと考えられます。場所は数字では示せませんからね」

「ほう、場所を指している？」

と、それまで黙って耳を傾けていた真淵が興味深そうな声で呟く。

「和歌には初めから場所が示されていることが多い。特に、この十二首の歌はそうです。地名がはっきり書かれていないのは、この酉と戌の歌くらいでしょう。しかし、これとても東歌の中にあるのですから、ある程度の絞り込みはできる」

師匠である真淵の言葉に、しづ子も千蔭も真摯に耳を傾けており、すぐに口を開く様子はない。

「つまり、示された場所は数多くある。それを絞り込むために、千蔭殿、あなたは先ほど引いた『浅茅原、草枕、明石の門より、清水は汲まず』の四つの句に、目をつけたというわけですか」

真淵の言葉に、「その通りです」と千蔭が感極まった声を出した。師匠に分かってもらえた感動はよほど大きなものらしい。しかし、助松にはさっぱり分からなかった。ちらっとしづ子の様子をうかがうと、困ったような表情を浮かべている。

(よかった、おいらだけじゃないんだ)

しづ子には申し訳ないが、助松は少し安心した。しかし、しづ子に気まずい思いをさせるのは気の毒なので、先に口を開き、千蔭に問いかける。

「あの、千蔭さま。おいらにはまったく分からないんですが」

「ああ、今から説明する」

千蔭は昂った声で答え、よろしいでしょうか、と真淵に許しを求めてから再び話し出した。

「『浅茅原』の『浅』、『草枕』の『草』を取ると、浅草になるんだ」

問いかけた助松だけを相手に話しているつもりなのか、先ほどまでよりくだけた物言いであった。

「まあ、浅草に……」

と、しづ子が横で小さく呟いている。助松も驚いていた。

「そして、『明石の門より』の『石』と『清水は汲まず』の『清水』で、石清水」

「浅草の石清水……」

助松は我知らず呟いていた。

「浅草の石清水といえば、京の石清水八幡宮を勧請した神社があります。蔵前八幡、あるいは東石清水宮と呼ばれている神社です。つまり、ここで待ち合わせなり、取り引きなりが行われるということではないでしょうか」

千蔭が口を閉ざすのとほぼ同時に、「すごいです」と助松は思わず大きな声を上げていた。

「こんなことを読み解いてしまうなんて、千蔭さまは本当にすばらしいです」

「いや、まだこれだけでは……」

助松の昂奮ぶりが予想以上だったせいか、千蔭が謙遜するように言った。

「これだけだってすごいことですよ。ねえ、お嬢さん」

「ええ、本当に。私など、毎日これらの歌を眺めていたというのに、ちっとも気づきませんでした」

しづ子も千蔭にすっかり感心しているようであった。褒められると逆に浮かれていてはいけないという気持ちになるのか、千蔭はすっかり得意げな様子を取り払い、

「先生のお考えをお聞かせください」

と、神妙な口ぶりで真淵に尋ねた。

「そうですね。千蔭殿の読み解きは一つの案として興味深く聞きました。しかし、すべてが出そろうまで結論を出すのは控えるべきでしょう。途中でどれほど有利に見えようと、勝負が終わった時に負けているのはよくあることです。そのことを忘れないように」

真淵の言葉を神妙な顔つきで千蔭は聞いていた。

「しかし、この解釈は葛木殿にも知らせておいた方がいいでしょう」

「それでしたら、葛木さまはうちのお客さまでもございますし、父が葛木さまに依頼している用件もあって、うちへお見えになることも多いですから、私か助松がお知らせすることにいたします」

しづ子が言い、ならば頼みましょうと、真淵は承知した。

この日、符牒の話はそれで終わり、しづ子と助松は帰ることになった。千蔭もそれを機に帰る挨拶をし、二人と一緒に真淵の家を出た。

三

「我が家へ寄って行きませんか」

千蔭がしづ子と助松に声をかけたのは、真淵の家を出て少し進んだところであった。前にも誘ってくれたが、その時は真淵の家に賊が入った翌日でもあり、しづ子は断っている。

助松はその後、しづ子の文を届けに加藤家の屋敷を訪れていたが、千蔭とは会えなかった。

「ご迷惑ではありませんか」

この日はすぐに断ろうとはせず、しづ子は尋ねた。

「迷惑などであるものですか。実は、例の符牒のことで、もう少し聞いてもらいたいこともあるのです」

ひどく熱心に、千蔭は誘う。

「まあ、まだ話の続きがあるのですか」

しづ子は興味を惹かれたふうに訊き返した。が、それならどうして真淵の前で話さないのか、とやや訝しげな目の色を浮かべてもいる。

（続きがあるなら、ぜひ聞かせてもらいたいな）

助松が内心で強く願っていたら、しづ子の目がちらっと注がれてきた。

「では、ほんの少しだけ」

と、しづ子が言い、二人は千蔭の屋敷へ寄って行くことになった。

千蔭が暮らす加藤家の屋敷は、格式ある立派な造りで、賀茂真淵の住まいの何倍も広い。そんな武家屋敷へ客人として上がり、丁重な扱いを受けるのは、助松には初めてのことであった。

（昔のお父つぁんはこんなふうな屋敷で暮らしていたのかな）

助松はそんなことを思いながら、屋敷の廊下を進んで行った。

加藤家の屋敷はどこまでいっても、ひっそりとしている。通された客間は十畳ほどの広い部屋だったが、これという調度品や飾り物の類は見当たらなかった。伊勢屋の母屋はこの屋敷より狭いが、どの部屋も贅沢な調度品が置かれ、掛け軸やら生け花などで飾り付けられている。

（そうか。お武家さまってのは、贅沢はしないものなんだな）

清潔で質素な客間に、しづ子と助松は千蔭と向き合う形で座った。やがて、女中が茶と菓子を運んで立ち去ると、それを勧めながら、

「先ほどの歌解きについて、助松は訊きたいことはないのか」

と、千蔭は助松に尋ねた。

「あ、それなら」

と、助松は飛びつくように口を開いた。

「千蔭さまの歌解きはよく分かりましたけど、さっき出てきた四首の歌の意味が知りたいです」

「そうか」

と、千蔭はどことなく嬉しそうに応じた後、懐から四首の書かれた紙を取り出し、助松に示した。

「ならば、『巳』の『浅茅原』からだな」

と、一首目の「浅茅原つばらつばらにもの思へばふりにし郷し思ほゆるかも」を指さしながら言う。

「『浅茅原』というのは、茅の生えた野原のことだが、その浅茅原をつくづくと眺めながら物思いにふけっていると、遠い故郷のことが偲ばれる、と言っているのだ」

「助松、この歌はね、大伴旅人公が大宰府で作ったお歌なのですよ」

しづ子がそっと言い添えた。

「そうなんですか」

と、明るい声を上げる助松に、

「助松は大伴旅人公が好きなのか」

と、千蔭が問うた。

「そう言えるほど、たくさんの歌を知っているわけではないんですが……」

助松が返事に戸惑っていると、

「助松は富山で生まれたのです。その頃のことは覚えていないそうですが、その縁から越中守(えっちゅうのかみ)だった大伴家持公のお歌を知ることが多くなって、そこから旅人公のお歌も学んでいったのですわ」

と、しづ子が助け船を出してくれた。

「ああ、最初に会った時、そういえば、お嬢さんが助松のことをそうおっしゃっていましたね」

千蔭は納得した顔つきになり、「次は『申』の歌だな」と話を先に進めた。

「『吾(あ)が恋はまさかもかなし草枕(くさまくら)多胡(たご)の入野(いりの)の奥もかなしも』は、上野国(こうずけのくに)の多胡の入野を詠んでいる。私の恋は今も悲しい。多胡の入野の奥のように先の見えない将来も悲しいだろう、というような意味だ」

「恋の歌だってことは分かりますけど、何が悲しいんでしょう」

　助松の問いに「さあな」と軽く応じた千蔭は、そこにはこだわらず、次の歌へと進んだ。

「『あまざかる鄙の長道ゆ恋ひ来れば明石の門より大和島見ゆ』は『あまざかる』が鄙という語を導き出す枕になってるんだ」

「『しなざかる』と似てますね」

　すぐにそう応じた助松に、千蔭はおっという表情を浮かべた後に破顔した。

「さすがだな。『越』を導く『しなざかる』と同じように、元は都から遠く離れていることを言い表す言葉だったんだろう。そんな長い道のりを、都を恋しく思いながらやって来ると、懐かしい明石の門から大和の山々が見える、と言っている」

「前にお嬢さんから聞いた『たまもかる』の歌は陸から海に浮かぶ船を見た歌でしたけれど、これは海の方から陸を見た歌なんですね」

　助松の言葉に、千蔭としづ子が交互にうなずき、「それじゃあ、最後の歌だな」と千蔭は説明を続けた。

「『青柳の張らろ川門に汝を待つと清水は汲まず立ち処平すも』は、青々とした柳が芽吹く川の水汲み場であなたを待っている、水汲みもせずその場所の地ならしをして、という意味なんだ」

「何で地ならしをするんですか」

助松が首をかしげて千蔭に問うた。

「そりゃあ、寒いからだろう。寒さに震えながら同じ場所に立っていなくてはならない時、足踏みをすることがあるじゃないか」

「確かにそうですね」

と、千蔭の言葉に、助松が納得しかけた時、

「それは、少し違うのではないでしょうか」

しづ子が異を唱えた。

「水汲みは女人の仕事だと思います。つまり、この歌を作ったのは女人で、おそらく恋しい殿方はいつもこの岸辺を通るのでしょう。でも、柳が芽吹く季節なのですよ。朝のことだとしても、寒さに震えるほどではないと思います」

「ああ、そういえばそうか」

千蔭が考えてもみなかったという表情で呟いた。

「では、なぜ地面を足で踏んだりするのだろう」

首をかしげている千蔭に、しづ子がほんの少し微笑を漏らした。

「それは、恋しい人の訪れが待ち遠しくてならないからでしょう」

澄ました顔つきでしづ子が言う。

「早くいらっしゃらないかと心が急(せ)いてならないのだけれど、いざその方がいらっしゃった時のことを思うと、気を失ってしまいそうなほどどきどきしてならない。そんな気持ちを抱えているから、つい足を動かして地ならしをしてしまうんですわ」

「……なるほど。分かるような気がします」

千蔭は慎重な口ぶりで言った。しづ子は詠み手の心が非常によく分かるようだが、千蔭としては「そう言われればそうかもしれない」と思う程度のことらしい。実は助松もそうだった。

（でも、女のお嬢さんが言うんだから、そうなんだろうな）

強引に自分を納得させると、助松は改めて千蔭に目を向け、「ありがとうございました」と礼を述べた。

「四首のうち、二首は恋の歌で、二首は故郷を思う歌なんですね」

「ああ。初めは私も意味上のつながりを考えていたのだが、四首のすべてに通じるようなものは見つからなかった。それで、考え方を変え、先ほどの形に行き着いたんだ」

「ところで、千蔭さま。符牒のことで、まだ続きがあるというお話でしたけど」

助松がここへ誘われた本題について催促すると、千蔭は表情を引き締め、しづ子も興味深そうな眼差しを向けた。

「実は、数字のみの記述についても、ある仮説を立ててみたのです」

千蔭はそう言って、先ほど賀茂真淵宅で見せた紙を取り出した。歌解きに使われた「巳壱申参丑肆戌肆」の他、「三二一四二一四五三一一四一」「三四三三一四六三五一四四」の符牒が書き込まれている。

「若さまのお考えでは、こちらが日付や時刻を表しているのではないかということでしたでしょうか」

しづ子の問いに、千蔭はその通りですと真剣な顔つきで答えた。

「しかし、この数字だけでは、何月何日のことなのか、まるで分からない。ただ、これを連続した数字、つまり三兆二千百四十二億千四百五十三万千百四十一という数字ではなく、ただ『三』『二』『一』という一の位の数字を書き連ねただけと見てみたのです」

「まあ、若さまはずいぶん大きな数の数え方をご存じなのですね。私は億までしか存じませんでした」

しづ子が驚いて言う。ふつうの十七歳の娘は『千』さえ知っているかどうか怪しいところだが、さすがにしづ子は商家の娘であった。

「侍があまり数字にくわしいと胡散臭い目で見られるものですが、しかし、要不要は別として、知識とは持っていて無駄にはならぬものだと私は思います。不要と判断した知識は使わなければいいわけですし、それを判断するのが人の知恵でしょう」

千蔭の言葉に、しづ子はなぜか、はっとした表情を浮かべていた。

「知識とは持っていて無駄にはならぬもの……」

どことなくぼんやりした調子で、千蔭の言葉をくり返している。

「どうかしましたか、お嬢さん」

千蔭が気がかりそうに訊き返した。助松も心配になって、しづ子の横顔をのぞき込んだ。

「い、いえ」

しづ子は我に返った。

「とてもよき言の葉を聞きましたので、思わず心が引き込まれてしまったのですわ。失礼をいたしました」

そう言って頭を軽く下げるしづ子の様子はいつものものだったので、助松もほっとする。

「では、話を元に戻しますが、一の位の数字を連ねただけのものとしてみますと、この数字には偏りがございます」

よく御覧くださいと千蔭から言われ、助松は改めて数字を見つめた。

三二一四二一四五三二一四一
三四三三一四六三五一四四

「まず、すぐにお気づきになるのは七以上の数字がないことでしょう。一から六までは一応すべてそろっていますが、数を数えてみると、『一』が七つ、『二』が二つ、『三』が六つ、『四』が七つ、『五』が二つ、『六』が一つという具合です」

「一と三と四がずいぶん多いのですね」

しづ子が呟いた。

「その通りです。それで、何かお気づきにはなりませんか」

「さあ、何かしら」

しづ子は考え込んだ様子で黙ってしまった。その間に、

「あの、おいら、いいですか」

と、助松は声を上げた。

「ぜんぶじゃありませんけど、四の前には一がついていることが多いし、これって『万葉集』の写本の巻三と巻十四を指しているじゃないでしょうか」

「そうなんだよ」

と、千蔭はそれまでにない大きな声を上げた。しづ子は『まあ』と驚いている。

「私もそう考えた。そして、一と三と四を取り除いてみたんだ。すると一行目は『二二五』、二行目は『六五』という数字だけが残るのだ」

「そんなにたくさん取り除いちゃっていいんですか」

残った数字のあまりの少なさに、思わず助松は訊いた。

「いろいろ試した結果だけを話しているんだ。反対に、一と三と四だけを残して考えてみたりもした。が、最後に行き着いたのがこれだったのだ」

「取りあえず、若さまのご説明を最後までお聞きしましょう」

しづ子が言葉を添え、助松もうなずいた。

「私の考えでは、この『二二五』と『六五』が日付と時刻ではないかと考えました。まず日付ですが二月二十五日、六月五日が考えられます。あるいは下から読み上げて、五月二十二日と五月六日もありかもしれません」

「でも、二月は終わっていますし、五月六日と二十二日も今は過ぎていますわね」

賀茂真淵の本が田安家の屋敷ですり替わったのが五月十三日、賀茂家に賊が入ったのは十五日の夜、翌十六日に助松たちがその話を聞き、多陽人に伝えたのが十七日であった。それから三日後の二十日、皆が賀茂宅に集まった際、前夜に『万葉集』の写本を盗まれたと聞かされている。

そして、伊勢屋に謎の侍が訪れたのは二十五日、大五郎がいなくなったのが二十七日で、大五郎からの文が届き、助松が田沼意次に出会ったのが二十八日――今から二日前のことになる。

「五月二十二日を指していたのなら、先生のお宅から持ち去られた直後のことになりますね」

しづ子がはっとした様子で呟く。

「そうなのです。だから、私も二十二日が最も怪しいと思いました。残念なことに、私がこの考えを導き出したのは二十二日より後のことでしたが」

千蔭は口惜しそうに言った後、気を取り直して先を続けた。

「しかし、思い出してください。五月二十二日に先生のお宅には特に何事もなく、東石清水宮はもちろん、それ以外の場所でも事件は起きていません。それに、この符牒で五月二十二日に何かが起こる、もしくは決行すると伝えたいのなら、少し余裕がなさすぎます。賀茂先生のご本とすり替わった日が、符牒の受け渡し日だったとしての話ですが」

「それもそうですね」

しづ子が考え込んだ表情で呟く。

「そうなると、六月五日は気をつけなければなりません。もし、六月五日に東石清水宮で何かが起こるのだとしたら……」

「時刻はどうなるのかしら」

しづ子の問いに、千蔭はさらに答えていった。

「『六五』が日付ならば、時刻はこちらの『二二五』が表しているのでしょう。『二つ』という時刻はないのですから、朝の五つか夜の五つを指しているのではないかと思われます」

「六月五日の朝五つ（午前八時）か、夜の五つ（午後八時）ですね。このことも葛木さまにきちんとお伝えしなければ……」

胸に刻み込むように、しづ子が言った。

（浅草の石清水はすごい発見だと思ったけれど、こっちの数字の方はだいぶこじつけが入ってるんじゃないかなあ）

助松は「六月五日の五つ」には半信半疑であった。ここでは自信に満ちた口ぶりでしゃべっている千蔭も、実は確信を持てていないのではないか。だからこそ、師匠である賀茂真淵の前で披露するのは控えたのだろう。そうは思ったが、もちろんそんなことは口にしない。

それに、千蔭の解釈を多陽人に知らせるのは賛成だった。多陽人なら、どの解釈が正しく、どれが間違っているか、きちんと判断してくれるはずだ。

「このことは書き留めないで、頭の中に留めておくことにします。助松もしっかり覚えておいてね」

しづ子から言われ、助松は真剣な表情で「はい」と答えた。

「六月五日は四日後のことですし、あまり時もありません。急いで葛木さまにお知らせすることにいたしましょう」

しづ子は顔を引き締めて言い、それからあまり間を置かず、二人は辞去することになった。

千蔭は屋敷の外まで送ってくれた。そして、外へ出たところで、「助松、少し訊きたいことがあるのだが」と助松だけを呼んだ。

しづ子は二人だけにしてやろうというつもりか、先に一人で歩いていく。

「お嬢さんは葛木殿に私の考えを話してくれると言っていたが、助松はどう思う？葛木殿は私の考えに納得してくれるだろうか」

千蔭は多陽人の反応が気になるらしく、小声で助松に尋ねた。

「納得なさるかどうかは分かりませんが」

助松は慎重に答えた。

「でも、六月五日と浅草の石清水という、せっかくの手がかりを無駄にしたりはしないと思います」

「ならば、当日、東石清水宮へ出向いて様子をうかがってくれるということか」

「葛木さまがどのようなやり方をなさるかは、おいらには分かりません」

助松の返事に、「そうか」と考え込んだ千蔭は、その後、心を決めたという表情を向けた。

「あの方を信頼しないわけではないが、どうもお人柄が軽々しいように思えてならない。私は私で、六月五日の朝五つと夜五つに東石清水宮へ行ってみようと思う」

きっぱりと言った後、「それで」と千蔭は少し躊躇(ためら)いがちに言葉を継いだ。

「助松はどうだ？　もし同道したいというのであれば、一緒に連れて行ってやる。もちろん、危ないことが起こった時には私が守ってやるから、心配はしないでいい」

「千蔭さまとおいらの二人だけで行くのですか」

「まさか、お嬢さんをお誘いするわけにはいくまい」

「それはそうですけど……」

助松は少し考えた。

「ええと、朝の五つ時は店を開ける支度をする頃ですから、ご一緒するのは無理だと思います」

「ならば、夜五つはどうする？」

暮れ六つから一刻(ひととき)(約二時間)が過ぎた頃だから、夜といってもまだ人の行き来がある頃だろう。神社に人はいないだろうが、浅草ならば人も出ているだろうし、さほど怖いこともない。

父がいれば、長屋を脱け出すのには理由が必要だったが、その父がいない今、夜五つに長屋を脱け出すことは難しくなかった。

「分かりました。夜五つの方はお供いたします」

「そうか」

と、千蔭は嬉しそうな笑顔になったが、

「しかし、住まいを出てくることはできるのか。親が心配するだろう」

と、すぐに気がかりそうな表情を浮かべて訊いた。

「お父つぁんは今いないので……」

「いないとはどういうことだ？」

「……仕事で少し留守にしてるんです」

とだけ、助松は答えた。

「そういうことか。なら、助松は寂しい思いをしているのだな」

「いえ、親と一緒の店で働ける方がめずらしいことですから」

「そうか。助松はしっかり者だ」

千蔭は感心した様子で言い、当日は六つ半頃（午後七時）に自分が伊勢屋へ行こうと告げた。店じまいを終えた後の店前（たなさき）にいるから、手隙になったら出て来てほしいと言われ、助松は承知した。

「では、当日はよろしく頼むぞ」

千蔭の目の中には、何か楽しいことをするような明るい色が宿っていて、助松もどことなく心が浮き立つような気分を覚えた。これは危険なことかもしれないし、浮かれるようなことではないと分かっているのだが、どういうわけか心が弾む。

同じくらいの年頃の少年と、仕事以外の何かをするということがこれまであまりなかったせいかもしれないと、助松はふと思った。

第七首　名くはしき

一

六月一日、千蔭から符牒の読み解き方を聞いた後、助松はその日のうちに葛木多陽人のもとへ行き、すべてを報告した。

「分かりました。きちんと検討させてもらいますさかい、お嬢はんにもそう伝えておくれやす」

多陽人は千蔭の発見にさほど驚きもしなかったが、さりとて頭から斥けるわけでもなかった。

「五日の朝五つか夜五つに、東石清水宮で何かが起こると思いますか」

助松は尋ねてみたが、そちらについては「はて」と受け流されてしまった。

「じゃあ、当日、葛木さまは東石清水宮へ行かれるんですか」

「それも、これから考えてみますよって」

と言うだけで、多陽人ははっきりとした返事をしない。逆に、多陽人の方から、

「助松はんは東石清水宮へ行ったことがあるんどすか」

と訊かれ、助松は「ありません」と頭を振った。

「五代目の公方さまが、京の石清水八幡宮を勧請して創建した大きい神社や。このことは別にしても、一見する値打ちはあると思いますで」

他にも面白い話があるのだと、東石清水宮にゆかりの話を聞かされたが、写本の符牒や父の失踪、田沼意次の依頼に関する話の進展はなかった。

（まあ、五日に東石清水宮で、葛木さまと鉢合わせするならするでかまわないか）

助松はひそかに考え、千蔭と一緒に神社へ行くことは明かさなかった。知られれば反対しそうなしづ子にも話していない。

それからの三日間、助松はわくわくするような心の昂りと共に過ごした。父はまだ戻らず、その身を案ずる気持ちに変わりはないが、千蔭との約束は助松の不安をまぎらせてくれる。

そして、五日当日の暮れ六つ半頃、助松は店の後片付けと夕餉を終えてから、こっそりと伊勢屋を脱け出した。

裏口の戸を出て表通りを目指し、店の表口へと回る。そこには、二刀をさした千蔭が一人で立っていた。

「お待たせしてしまい、申し訳ありません」

「いや、私も店じまいの後すぐでは人目につくと思い、少し時を置いて来たからさほど待っていない」

千蔭は穏やかな声で告げた。

「ここで話をしているのも目立つから、すぐに浅草へ向かおう」

千蔭の言葉によって、二人はさっそく歩き出した。

「日が暮れてから出歩くのは怖くないか」

千蔭が助松に尋ねた。

「夏の宵ですから人出も多いですし、怖くなんかありません」

まだ幼いと思われているのかもしれない。千蔭とは三つしか違わないのに、そう言われるのは何となく心外だという気持ちも手伝って、助松は勢いよく答えた。

「ならばよいのだ。別にそなたを臆病者と思っているわけではない」

千蔭が言い訳するような口ぶりで言う。

「ところで、千蔭さまは今日の朝五つにも、東石清水宮へ行かれたんですか」

助松が尋ねると、千蔭は「うむ」と答えた。

「しかし、朝の神社はすがすがしいの一言に尽きる。特に怪しげな人物もいなければ、いかがわしい取り引きが行われている様子もなかった。あまり長くその場にいると、神職の者たちから私が怪しまれそうな雰囲気だったので、早々に退散したのだ」

「そうだったんですか」

困惑した様子で言う千蔭に、助松は微笑(ほほえ)んだ。

「何かが起こるなら、やはり夜五つの方だろうな」

「これから、おいらたちはそれに出くわすんですね」

千蔭から数字の謎解きを示された時は、少しこじつけではないかと思っていたものの、こうして浅草へ向かう道すがら、助松は千蔭の考えを人方信じる気持ちになっていた。

「しかし、怪しげな者がいても、すぐに出て行ってはだめだ。敵を倒すのは私の役目だから、助松には人を呼んで来てもらうことになると思う。あちらへ着いて五つまでに間がありそうなら、退路もしっかり見つけておこう」

「でも、千蔭さまだけを危険な目に遭わせるなんて」

「私は侍なのだから、人を守るのは当たり前のことだ。そなたは私の心配などはしなくていい」

侍である自覚と誇りを持って言う千蔭のことを、助松は改めて立派だと思った。自分が侍の子として育っていたとしても、千蔭のようにはなれなかったのではないかと思える。

「浅草に着くまで間もあるから、話をしよう。私は助松と歌の話がしたかったのだ。そなたは大伴旅人公の歌が好きなのだったな」

と、千蔭は歩きながら言った。

「いえ、好きって言えるほど、おいらは歌のことをよく知らないんです。お嬢さんに教えてもらっているところで。だから、千蔭さまもおいらに教えてくれませんか」

「私の知っていることならかまわないが、何が知りたいのだ？」

「じゃあ、東歌を教えてください。これまで習ってきた歌より分かりにくいんですけど、この辺りの歌もあると知って、面白いなって思いました。お嬢さんが今度、葛飾の真間の継橋を見に連れて行ってくださるんです」

「なるほど、それはいいな」

心底からうらやましそうに、千蔭は言った。

「よければ、私も連れて行ってもらいたいところだ。お嬢さんに頼んでみてもかまわないだろうか」

「もちろんです。千蔭さまのお家が反対なさらないのなら、お嬢さんだってお喜びになると思います」

「歌を学ぶためだといえば、父上は許してくださる。父上も賀茂先生の弟子の一人だからな」

「そうでしたか」

こうして新たな約束を交わした後で、どうせなら今回知った巻十四の歌の中で、助松がまだよく分からない歌を説明してやろうと、千蔭は言い出した。

「えっと、お嬢さんが説明してくださったのは『足の音せず』と『あぢかまの』の歌です」

「そして、この前、『吾が恋は』と『青柳の』は説明したのだったな」

「はい。だから、残っているのは二首ですね」

すぐには思い出せなくて、助松は懐に携えてきた歌の紙を取り出そうとしたのだが、

「よしておけ」

と、千蔭から止められた。二人とも提灯を持たず、町明かりと空に浮かぶ五日の月を頼りに歩いているのである。

「一首は『入間道の於保屋が原のいはゐつら引かばぬるぬる吾にな絶えそね』という歌だ」

千蔭はすらすらと答えた。

「入間道の於保屋が原とは武蔵国の地名だ。そこには『いはゐつら』という、ぬるぬるしてなかなか切れない水草が生えているらしい。今はそう呼ばれていないので、どの水草かは分からないそうだが、蓴菜ではないかと言われている。その草のようにあなたと私との仲が容易く切れずに絶えないでほしい、と言っているのだ」

「これも恋の歌なんですね」

「そうなんだろうな」

「東歌には恋の歌が多いとお嬢さんがおっしゃってましたけれど、本当にそうなんですね」

「ああ。残る一首は『誰(たれ)そこの屋(や)の戸押(とお)そぶる新嘗(にひなめ)にわが背(せ)を遣(や)りて斎(いは)ふこの戸を』だが、これは新嘗の神事の際、夫を遠ざけて女が身を清めている姿を詠(うた)ったものなんだ。いったい誰がこの家の戸を押しているのか、新嘗の神事のために身を清めて夫を遠ざけているこの家の戸を――と詠っている」

「神事をするために身を清めるってことは分かりますけれど、戸を叩(たた)いているのは夫じゃない人なんですか」

「夫だったら、わざわざその日を狙って戸を叩いたりしないんじゃないかな」

と、千蔭が答えた。

「じゃあ、夫以外の人が来たってことですか。この女の人は不義を働いたってことでしょうか」

「家の中に入れなかったら問題はないが、入れたのであれば許しがたい罪だ」

千蔭は憤然とした口ぶりで言う。

「今なら手討ちにされるところですよね」

「その通りだ」

「家に入れなかったとしても、どうしてこんなことを歌に詠(よ)んだりしたんだろ」

「さてな。昔の女の考えていることはよく分からない」

本当にその通りだと言い合っているうち、やがて二人は東石清水宮に到着した。大きな鳥居を見上げると、どことなく威圧されたように感じられる。

「朝来た時とはだいぶ様子が違うな」

千蔭が声をひそめて呟いた。

「この時刻にお参りに来る人もいないでしょうからね」

助松も小声で返事をする。

「これからどうしましょう。中へ入ってみますか」

鳥居の辺りで中へ入って行く者を見張るか、それとも神社の中で待ち伏せするか。助松の問いに、千蔭はすぐに答えず、しばらく考え込んでいた。見れば、その手は腰にさした刀の柄にかけられており、武者震いのように震えている。ややあってから、

「待ち伏せなら中の方がいいだろう」

と、少しかすれ気味の声で、千蔭は答えた。先に立って歩き出した千蔭の後に続いて、助松も鳥居をくぐり、神社の中へと踏み込んだ。千蔭は石畳の上をまっすぐ進んでいくが、これでは敵が潜んでいたら、丸見えである。ふと心配になった時、

「助松、そなた、怖くはないか」

と、千蔭が低い声で尋ねてきた。顔は前に向けたままである。

「いえ、まだそんなに遅くないですから。それより、あっちの木陰に行きませんか」

木陰から木陰へ身をひそめるように進んだ方がいいと言うと、「そ、そうだな」と千蔭はうなずき、ようやく振り返った。その顔がいくらか強張（こわば）っている。

それから二人は目についた近くの木陰にいったん落ち着いたが、

「ここで見張ることにしよう」

と、千蔭は思いつきのように言い出した。もっとあちこち見て回り、しっかり検討する必要があるのではないかと思ったが、ふと見れば、千蔭は肩で息をしている。

「千蔭さま、大丈夫ですか」

具合でも悪くなったのかと心配になったが、目が合うと、千蔭はぷいと顔を背けてしまった。その表情がどことなく悩ましげな感じに見え、助松の不安を誘う。その時、

「助松」と千蔭が顔を背けたまま、呼びかけてきた。

「何か話をしてくれ」

「でも、見張りは……」

「私が見ている。人が来たら知らせるから、それまで何かしゃべっていてくれ」

何かと言われても逆に困ると思ったが、助松はふと、多陽人から聞いた話を思い出した。

「そういえば、この東石清水宮にお参りして願いを叶（かな）えた白犬の話を、千蔭さまはご

存じですか」

千蔭が知らないと答えたので、その話を聞かせることにする。

「白犬は人に近いので、次は人に生まれ変われるって言うそうなんです。ある時、この東石清水宮に住み着いていた白犬がその話を聞いたんですけど、生まれ変わってからじゃなくて、今生で人になりたいと思い、一心にお願いをしました。そうしたら、ふさふさの毛がみるみるうちになくなって、あっという間に人の姿になったんです。そこで、白犬は近所のご隠居さんのところへ行って、かくかくしかじかと話をします。そして、四郎って名前をつけてもらって奉公に出るんですけど、元は犬ですからいろいろな失敗をやらかしてしまうんです」

「へえ、どんな失敗なんだ？」

千蔭は興味を惹かれた様子で先を促した。

「たとえば『焙炉(ほいろ)に火(ひ)を入れてくれ』と言われたのを『吠(ほ)えろ』と言われたと勘違いして、わんわんと言ってしまうとか」

助松が話すと、千蔭はあははと声を立てて笑った。具合が悪そうだった顔つきも若干明るくなっている。

よかったと思いながら何げなく参道の方を見やると、うごめく黒い塊が目に飛び込んできた。

「な、何かいます、千蔭さま！」

助松が緊張した声を上げると、

「す、助松、化物だ！」

突然、千蔭が助松の腕をつかんできた。

「化物？」

千蔭の言葉に、助松は頓狂な声を上げた。しかし、千蔭は大真面目である。

「神社は逢魔が時になると魔が集まるんだ。昼の間、見張りをしていた神さまたちが帰っていく頃を見計らって」

「でも、それは逢魔が時の夕方ですよね。今はもう夜ですよ」

助松は黒い影にじっと目を凝らしながら、さらに言う。

「あれはきっと、犬か狐ですよ。化物なんかじゃありませんって」

「狐はよく人を化かすと言うではないか」

千蔭はますます強く助松の腕をつかんできた。

（もしかして、千蔭さま、怖いんじゃ……？）

と思った時、参道に細長い影が映り込んだ。人の形をしたそれは拝殿へ向かって進んでくる。先に参道にいた獣はううっと唸るような声を上げると、どこかへ走り去って行った。

その直後、助松は突然腕を引っ張られた。千蔭は助松を庇うように前に出るなり、いつでも刀を抜けるように身構えながら、

「私の後ろにいろ。絶対に動くな」

と、低い声で命じた。その声は少しも震えておらず、勇ましさにあふれている。

（あれ？　相手が人なら、正体不明でもぜんぜん平気なんだな）

助松は千蔭に庇ってもらいながら、こんな時ではあるが何となくおかしくなり、込み上げてくる笑いを無理にこらえた。

二

助松の中に込み上げてくるおかしさは、千蔭の態度の変化もあったが、それ以上にこれから起きることへの恐怖をごまかすためのものでもあったようだ。人影がぐんぐん近付いて来るにつれ、おかしさなど吹き飛んでしまい、助松は緊張した面持ちで、ごくりと唾を飲み込んだ。

一方の千蔭は刀の柄に手をかけたまま、腰を落とし、人影をしっかり見据えていた。

やがて、道に落ちた影だけでなく、本体が助松の目に入ってきた。ほっそりとした体格の、上背のある男のようだ。着流し姿の男は滑らかな足取りで進んでくるが、助

松が目を奪われたのは髪型だった。月代を剃らずに、後ろで軽く束ねた総髪である。医者か学者といった特殊な職の者でなければ、そんな髪型はしていない。

助松がよく知る中で、そんな装いをしている男といえば――。

「か、葛木さま？」

助松の口から裏返った声が漏れた。

「何だと」

千蔭が驚いて助松を振り返る。それらの声が届くような距離ではなかったが、参道を歩いていた人物が突然、助松たちの方へ目を向けた。ほのかな月明かりで十分だった。その顔はまるで月光を独り占めしているかのように輝いて見える。

「やっぱり、葛木さま……」

今度は安堵の溜息と共に、助松は呟いた。千蔭が目を来訪者の方へ戻し、葛木多陽人であることを確かめた上で、ようやく刀の柄から手を離した。

「助松はんに、加藤さまどしたな。やっぱし来てはりましたか」

多陽人は二人の姿を認めると、微笑を浮かべながら近付いて来た。

「今日の夜五つにこの場所で何かがあると、葛木さまもお考えになったのですね」

助松が明るい声で尋ねた。千蔭の解読を多陽人が認めることで、千蔭も面目が立ち、多陽人に対する信頼も増すのではないか。助松は単純にそのことが嬉しかったのだが、

「いいや、違います」

と、多陽人はあっさり助松の気遣いを斥けた。

「私は万が一、助松はんたちがここへ来てはるんやないかと思い、連れ帰るために来ましたのや」

「えっ、連れ帰るため？」

助松と千蔭は思わず顔を見合わせた。千蔭はいかにも不満そうである。

「どうしてですか。これから何かが起こるかもしれないのに」

助松が尋ねると、多陽人は「何も起こりまへん」と躊躇いなく答えた。

「何ゆえ、そんなことが葛木殿にお分かりになるのです？」

千蔭がふて腐れたような声で尋ねた。

「それは、事が起こるのはここやないからどす」

多陽人は淡々と答える。

「ここではない？　しかし、あの符牒は明らかに浅草の石清水を指していたはずです」

「確かに、干支と大字の組み合わせを読み解かれたんはお見事やったと思います。せやけど、漢数字の方から一と三と四を除いて、残った数字で日時を言い当てるんはちょっと強引どした」

「それでは、葛木殿は別の読み解き方を発見したというわけですか」

千蔭が挑むような調子で問うと、「へえ」と多陽人はうなずいた。一瞬怯んだ千蔭が気を取り直し、

「それは、一体、どのような？」

と、訊き返すや、多陽人は首を横に振り、「ここでお話しするようなことやおへん」と静かに答えた。

「ちょうど明日、賀茂先生のお宅へ伺ってお話しするつもりどす」

すでに真淵としづ子には今日の内に文を送り、真淵からは許しを得ているという。

「せやさかい、よろしければ明日、その席へお越しやす。助松はんも、お嬢はんのお許しがあればぜひ」

「しかし、葛木殿の読み解きが正しいと信じるだけの根拠がない」

千蔭はせっかく読み解いた自分の考えに、なおも未練を残しているらしい。

「まあ、どうしてもここで見届けたいと言わはるんなら、気のすむまでおやりになったらええどす。けど、悪者は現れんとしても、悪霊は現れるかもしれまへんで」

「あ、悪霊だと？」

千蔭がそれまでの強気な態度も忘れたように、裏返った声を出す。

「へえ。逢魔が時には神社へお参りしたらあかん、という話を聞いたことはおへん

か」

「それはある。たった今もその話をしていたところだ」

「夕方に魔が現れるんなら、夜は魔が勢いを増す時刻やと見当がつきますやろ。ある意味、逢魔が時より危険かもしれまへん」

「そ、そうなのか」

千蔭は怖気づいた様子から立ち直る気配もなく、力のない声で呟く。

「まあ、私はその手の魔を祓う技を少々心得てはおりますけど、時には隙を衝いて悪さを働く悪霊もおりますさかい、神社を出た方が無難どす」

多陽人のさらなる勧めに対し、もう千蔭が抗うことはなかった。駕籠を使った方がいいという多陽人の言葉にも素直にうなずき、助松の分の駕籠代は自分が払うと言った。

そして、三人は東石清水宮を出た後、浅草の駕籠屋を目指して進み、そこで別れることになった。

「ほな、お暇やったら、明日の昼八つ（午後二時）に」

多陽人はそう言い、自分は駕籠を雇うことなく夜の町を歩き出した。千蔭は「うむ」と返事をしたものの、その表情は何とも口惜しそうなものであった。

その夜、助松は伊勢屋の少し手前で駕籠を降り、誰にも見とがめられることなく、無事に長屋へ帰り着くことができた。

そして、その翌日は案の定しづ子から、賀茂真淵宅への供をするよう申し付けられた。助松は喜んで従い、いつものように昼過ぎに伊勢屋を出て八丁堀へと向かう。

二人が賀茂家の離れに到着した時にはもう、千蔭はすでに来ており、最後に葛木多陽人が現れた。

「おや、私が仕舞いどしたか。お待たせしてしもて申し訳ないことどした」

多陽人は初めに謝ったが、さほど済まなそうには聞こえない。千蔭はいまだに不信感が残るのか、幾分胡散臭そうな目を向けていた。

「今日は、当方より依頼した写本の符牒を読み解いてくださるということですが」

真淵が多陽人に座を勧めてから言うと、

「さようどす」

と、多陽人は答えた。

「この件では、千蔭殿が一案を示し、しづ子殿を通して葛木殿にもお伝えしてもらいましたが」

「へえ。その案をお聞きし、私もこの謎解きの最後を詰めることができたんどす。加藤の若さまのご指摘には助けられました」

「しかし、私の考えは間違っていると言いたいのだろう」

千蔭が複雑な表情で尋ねると、

「全部とは言いまへん。少なくとも、これが場所と日付、時刻を表しているという考えは、私も同じどす」

と、多陽人は答えた。千蔭は無言であったが、少し表情を和らげ、この先の話を聞こうという姿勢を見せている。

「ほな、私の考えを披露させてもらいます」

多陽人はそう断ってから語り始めた。

「まずは、漢数字を羅列した二つの符牒どす。ここには、一と三と四の数字が多いことはお気づきどしたやろ」

多陽人の言葉に、皆がそれぞれうなずいた。

「ただし、四の前には一がある場合と、ない場合があります。これは同じに考えるのやなしに、一と四がつながってる部分だけ、十四を指すと考えたらええのやと思います」

多陽人はそう言って、例の数字が書かれた紙を取り出して畳の上に置くと、取り出した扇子の先で、その部分を順に指し示していった。

三二、四、二、四、五三一、四、一
三四三三、四、六三五、四、四

「こことここ、それに、ここところや」

多陽人は合計で五か所を指した後、

「次に、数字の三は全部で六つあります。これらが巻三と巻十四を指していると考えれば、順に右の一行は『巻三の二、巻十四の二、巻十四の五、巻三の一、巻十四の一』というふうに読み取れます。また、次の行は『巻三の四、巻三の三、巻十四の六、巻三の五、巻十四の四』という具合になりますのや」

と、該当する場所を扇子の端で示しながら、説明を続けた。

「なるほど、この数字は該当する和歌を示しているというわけですか」

真淵が呟いた。

巻三

一　たまもかる　敏馬を過ぎて　夏草の　野島の崎に　舟近づきぬ

二　あまざかる　鄙の長道ゆ　恋ひ来れば　明石の門より　大和島見ゆ

三　倉橋の　山を高みか　夜ごもりに　出で来る月の　光乏しき

四　名くはしき 稲見の海の 沖つ波 千重に隠りぬ 大和島根は
五　み吉野の 滝の白波 知らねども 語りし継げば 古思ほゆ
六　浅茅原 つばらつばらに もの思へば ふりにし郷し 思ほゆるかも

巻十四
一　入間道の 於保屋が原の いはゐつら 引かばぬるぬる 吾にな絶えそね
二　足の音せず 行かむ駒もが 葛飾の 真間の継橋 やまず通はむ
三　吾が恋は まさかもかなし 草枕 多胡の入野の 奥もかなしも
四　誰そこの 屋の戸押そぶる 新嘗に わが背を遣りて 斎ふこの戸を
五　青柳の 張らろ川門に 汝を待つと 清水は汲まず 立ち処平すも
六　あぢかまの 潟に咲く波 平瀬にも 紐解くものか かなしけを置きて

「もう一つの符牒に干支が入ってたさかい、十二首の歌に干支を当てはめたんは妥当やと思います。けど、それこそが敵の罠(わな)やったんどす。ここは素直に、巻三の六首に一から六の数字を、巻十四の六首に一から六の数字を当てはめればええんどす」

多陽人は十二首の歌に番号を書き添えた紙を示した後、また新たな紙を取り出してその横に置いた。

「これが漢数字の順番通りに並び替えたもんどす」

三二　あまざかる　鄙の長道ゆ　恋ひ来れば　明石の門より　**大和島**見ゆ
一四二　足の音せず　行かむ駒もが　葛飾の　真間の継**橋**　やまず通はむ
一四五　青柳の　張らろ川門に　汝を待つと　清水は汲まず　立ち処**平**すも
三一　たまもかる　敏馬を過ぎて　夏草の　**野**島の崎に　舟近づきぬ
一四一　入間道の　於保**屋**が原の　いはゐつら　引かばぬるぬる　吾にな絶えそね
三四　名くはしき　稲見の海の　沖つ波　千重に隠りぬ　**大和島**根は
三三　倉**橋**の　山を高みか　夜ごもりに　出で来る月の　光乏しき
一四六　あぢかまの　潟に咲く波　**平**瀬にも　紐解くものか　かなしけを置きて
三五　み吉**野**の　滝の白波　知らねども　語りし継げば　古思ほゆ
一四四　誰そこの　**屋**の戸押そぶる　新嘗に　わが背を遣りて　斎ふこの戸を

「全部で十二首あるのに、十首しか使わへんのはおかしいのやけど、その理由はまた後で。先に、この並び替えの意味を説明いたしましょ。ここで、一首目と一首目、二首目と二首目を照らし合わせておくれやす。その際、意味よりも使われてる漢字に目を向けていただけますやろか」

多陽人の言葉を受け、助松たち四人は多陽人の書いた歌の紙に真剣な目を向けた。

「あ、もしかして」

初めに声を上げたのは千蔭であった。

「どちらにも、同じ漢字が入っているということですか」

「その通りどす」

多陽人はうなずくと、「若さまから説明しとくれやす」と千蔭に勧めた。

「葛木殿がそう言うなら……」

と、千蔭はまんざらでもない様子で、口を開いた。

「一首目同士は『大和島』、二首目同士は『橋』、三首目は読みが違うが『平す』と『平瀬』の『平』が重なっています。四首目は『野』で五首目は『屋』ということになるでしょう」

指でいちいち示してくれる千蔭の説明を聞きながら、助松は胸が昂るのを感じた。

「ほんとだ……」

小さな声で思わず呟いてしまう。千蔭も説明の一部を任され、面目を施したような表情を浮かべていた。

「おっしゃる通り、字がかぶってるんどす。そして、それらを抜き出してつなげると、

『大和島橋平野屋』となります。ちなみに、大和島橋という橋は見つからへんどした。ほな、大和橋ならどないやいうと、大坂の大和川にはそない呼ばれる橋があります。せやけど、大坂の橋を言うてるとは考えにくいどすやろ」

「確かに大坂では遠すぎますな。江戸に大和橋という橋はないのでしょうか」

真淵が多陽人に問うた。

「探ってみたところ、見つからへんどした。しかし、大事なんはもともとこの歌はどちらもひらがなに直されてたということどす」

「確かにそうでした」

と、真淵が応じた。

「私らはふつうに『やまとしま』という時、ここに書かれた漢字を使います。せやけど、『日本』と書いて『やまと』と読むこともありました」

「なるほど、つまり日本橋ということか」

千蔭が大きな声を上げた。

しづ子も驚嘆した様子で声を上げる。

「まあ、日本橋……？」

「して、日本橋に平野屋という店がないかと探してみましたところ、そない地本問屋(じほんどんや)がありました」

「平野屋さんならば存じています」

日本橋に暮らすしづ子が昂奮気味の声で言った。

「せやけど、日本橋の平野屋で何かが起きるとしたところで、それがいつのことか分かりまへん。そして、もう一つの符牒どす。『巳壱申参丑肆戌肆』が日付と時刻を表しているとした場合、干支が関わってきますのや。巳、申、丑、戌――これが順に、年、月、日、時刻を表しているとしたら、どないどすやろ。今年は巳年どす。申の月といえば七月、丑の日は七日と十九日、戌の刻は夜五つの前後になります」

そう言って、多陽人は手にしていた扇子をしまい込んだ。

「日付だけは絞りきれまへんけど、まあ大方分かったというてええのやないどすか」

と、続けられた多陽人の言葉に、しづ子と助松は大きくうなずきかけた。

「少しお待ちください」

その時、千蔭が声を上げた。

「葛木殿の読み解きに異論はありません。歌とつながっていたのは、漢数字のみの符牒だったということで、大いに納得させられました。しかし、『巳壱申参……』の干支はともかく、『壱』や『参』という大字の数は何を表しているのか、今もそれが気にかかります。それだけが謎解きに使われていませんから」

大字にはどんな意味があったのでしょう――と、千蔭はそれまでとは違う素直な調子で多陽人に尋ねた。

「大字に意味はおへん。せやけど、あると思わせ、浅草の石清水で何かが起きると誤解させることに、意味があったとも言えますのや」

と、多陽人は言う。

「初めに私が言いましたやろ。歌は全部で十二首あるのに、読み解きに使うた歌は十首のみ。残り二首は何やという話になる。ちなみに、その二首は、巻三の六首目「浅茅原」と巻十四の三首目「吾が恋は」になります。これは干支を当てはめると『巳』と『申』になりますのや」

そう言って、多陽人は再び扇子を取り出すと、符牒「巳壱申参丑肆戌肆」の「巳」と「申」を指し示した。

「つまり、この二首は勘違いさせるためのもの、というわけですか」

千蔭の言葉に、多陽人はゆっくりとうなずき返した。

「ふつうの漢数字と大字が一緒に使われてるのも、大字に意味はないと、あらかじめ決めてあったんどすやろ。何でそない複雑な書き方をしたかといえば、万一の時の用心やと思います。今回のように、渡すべき相手と違う人物が写本を持ち去ってしまった時のための――」

「用心……でしたか」

真淵が唸るような声で言った。

「私が間違えたのか、例の写本を受け取るべき人物が間違えて私の本を持ち去ったのか、どちらが先かは分かりませんが、いずれにしろ、そこですり替えが起きてしまったわけですな」

「賀茂先生」

と、多陽人が改まった様子で、真淵に声をかけた。

「符牒の読み解きは終わりましたが、この先はどないいたしまひょ。ちなみに、先生が知らぬふりを続けられる限り、先生の身に危険が及ぶことはないと思いますが」

「しかし、何かが起こる日時と場所を知ってしまった上は……」

真淵は躊躇いがちに呟いた。

「ほな、後のことはこの私に任せてくれまへんやろか」

この先のことは先生に請求はいたしまへんさかい――と、多陽人は悪戯っぽい笑みを浮かべて告げた。

「実は、あるお方より依頼を受けてまして、この件との関わりが分かりました。せやけど、依頼主のお望みにより、先生にその話を打ち明けることはできまへん。私はその方のために、この符牒で読み解いた内容を使わせてもらいとうおす。ちなみに、その方が悪事に関わっていないことは、私が証人になりまひょ。私はその方の悩みを除くため、この符牒を使わせてもらいたいんどす」

「いいでしょう」

真淵は今度は潔く答えた。

「もともと、この謎を解いたのは葛木殿です。そして、貴殿のお人柄も信用が置ける。なぜなら、謎が解けないふりをして、私に何も知らせぬこともできたはずなのに、すべてを明かしてくださったからです。それゆえ、後はお任せいたしましょう。解き明かした内容は、貴殿の依頼主を救うためにお使いください」

その声色にもはや躊躇いはない。

「ありがとうさんどす」

多陽人も丁寧に頭を下げた。千蔭もさわやかな表情をしている。

（さすがは葛木さまだ）

見事に謎解きをし、事を収めた多陽人の力が自分のことのように誇らしく思える。

助松は嬉しかった。

その一方で、多陽人の言う依頼主が田沼意次のことだと、助松には理解できていた。そして、それが父の失踪とも関わっているらしいということも、忘れてはいなかった。

（おいらにとってはまだ終わりじゃない）

多陽人の眼差（まなざ）しが一瞬だけ、自分に注がれた後、すっと離れて行ったことに気づき、助松は気を引き締めた。

三

その日の帰りは、しづ子と助松に多陽人が加わることになった。しづ子と助松が先を行き、多陽人がその少し後に続く。

「葛木さまのご依頼主の件、私たちにも教えていただけないのでしょうか」

加藤家の屋敷を出てしばらく行き、武家屋敷の静かな一角を過ぎた辺りで、しづ子は少し歩みを遅くしながら、多陽人に尋ねた。しづ子が「私たち」と言っているのは助松を含めているのだろうが、助松が田沼意次と顔を合わせていることをしづ子は知らない。

「まあ、ご依頼主とのお約束は絶対に守らなあかんことどすさかい」

多陽人は柔らかな口ぶりで言った。

「それならば、無理にとは申せませんが……。葛木さまに危険はないのですか」

しづ子は憂いの滲む声で尋ねた。

「まったくないとは言いまへんが、それを避ける策は講じるさかい、心配していただくには及びまへん」

そう答える多陽人に、それ以上かける言葉もなく、しづ子は再び前を向いて歩き出した。

「助松は今度のことで、いっぱい歌を知ったわね」

ややあってから、しづ子は助松に語りかけた。助松は「はい」と答える。謎解きで活躍することはできなかったが、ずっとしづ子の書いてくれた手本を眺めていたので、十二首の歌の中には覚えてしまったものもある。

「どんなことが最も心に残ったかしら」

しづ子に問われ、助松は「そうですね」と考え込んだ。

「東歌がこの辺りの歌だと分かって、面白いなとも思いましたし」

そう答えた助松は真間の継橋を見に行く話を千蔭にしたら、千蔭も同道したいと言っていた話を思い出し、しづ子に話した。

「もちろん、若さまのお家の方で反対なさらないのであれば、ご一緒していただけるのは光栄なことだわ」

しづ子は明るい声で賛成した。

「そうだ。葛木さまもご一緒していただけませんか。もちろん、すべてが終わってからの話ですけれど」

助松が多陽人を振り返って言い、続けてしづ子の顔をうかがうと、

「も、もちろん、私はかまいませんわ」

しづ子は助松から目をそらして言った。

「依頼と言わはるならお引き受けしますけどなあ」

進んで行きたいわけではない、という口ぶりで多陽人は言う。

「だったら、お嬢さん。葛木さまに依頼してくださいませんか」

助松が頼むと、「助松がどうしてもっていうのなら、別にかまいませんけれど」と、しづ子はそっぽを向いたまま答えた。

「それじゃあ、決まりですね」

助松は明るい声で言ったが、しづ子の口から賛同の声は上がらない。

「ええと……。心に残った歌のことでしたっけ。海の歌がめずらしかったかなあ。そうだ、『大和島』って出てきましたけど、『やまと』と書く漢字がいくつもあるって知って、おいら、ちょっと不思議に思ったんです」

「大きいに和と書いた大和と、日の本と書いた日本のことね」

「大和国は分かりますけど、公方さまの治めておられるこの国すべてのことも『やまと』っていうんですよね。どうしてなんですか」

助松が首をかしげて問うと、しづ子はもっともらしくうなずいてみせた。

「『やまと』の言葉の成り立ちについては、前に賀茂先生から伺ったことがあるわ。

先生によれば、山の入り口としての山門から生まれた言葉だということよ。この国には山が多く、山の神さまを敬う気持ちも強かったのでしょう。そこから、山門は地名を表す言葉となり、支配する土地が広がるにつれて、もっと広い土地、今の国を表す言葉になったのではないかというお話だったわ」

「山の門ですか。そういえば、明石の門って出てきましたよね。あの門は水門のことでしたっけ」

「そうね。陸地で海が狭まったところよ。川門は川の両岸が狭まったところ」

そういえば、「川門」を詠んだ歌もあったと、助松は思い出した。

「海の歌というと、『たまもかる』がそうだったわね。歌聖と言われた柿本人麻呂の歌だという話を覚えている？」

「はい」

「『大和島』の出てくる『あまざかる』も『名くはしき』も、どっちも人麻呂の歌なのよ」

「『あまざかる』は都へ帰って来て、大和の山々が見えて懐かしいって歌でしたよね」

この歌はつい先日、千蔭から説明されたからよく覚えていたが、「名くはしき」はしづ子から説明された後、時も経っていたので、うろ覚えだった。

「『名くはしき』はええと……」

と言っていると、

「名くはしき稲見の海の沖つ波千重に隠りぬ大和島根は――」

しづ子は助松のために口ずさんでくれた。

「名も美しい印南（稲見）の海に千重の波が立つけれど、その向こうに大和の山並みが隠れてしまったという意味ね」

「山並みが見えなくなったということは、海の上から陸を見ているんですね。なら、『あまざかる』と一緒ですか」

「そうね。人麻呂が大和を賛美する歌をたくさん作っているのは、自分の気持ち以上に、当時の人々の気持ちを汲んでいたということもあるのよ。大和に親しみ、大和を愛おしく思う人々の代表として、そういう歌をたくさん作ったのね」

「そうだったんですか」

しづ子と助松が歌の話を交わしている間、多陽人が話に加わってくることはなかった。助松はもっと多陽人からも話を聞きたいと思ったが、しづ子の話に聞き入っているうち、伊勢屋の前まで来てしまった。

「助松はん」

多陽人が声をかけてきたのは、ちょうどその時だった。

「お父はんのことで少し訊きたいことがあるんやけど」

「あ、はい」

父が反魂丹(はんごんたん)を作れるということはまだ多陽人に話していない。何があっても隠し続けるというつもりではなかったが、父との約束もあり、気が進まないでいるうちに時が経ってしまった。

「そないお手間は取らせまへん。お父はんの件は伊勢屋の旦那はんから依頼されたことやし、少しだけ話をさせてもらえるとええのやけど」

「それなら、どうぞうちの客間をお使いください」

しづ子が横から口を添えたが、多陽人は「そない大ごとにしてもらわんでもええどす」と答えた。

「せやな、助松はんの長屋にお邪魔させてもらえんやろか。お父はんの暮らしぶりも見せてもらいとうおすし」

多陽人の言葉に助松はうなずき、裏口から長屋へと案内した。どことなく気がかりそうな眼差しをしたしづ子とは裏庭で別れた。

「ここです」

と言いながら、助松は取っ手に手をかけたが、戸はがたがたと音を立てるだけで動かなかった。

奉公人たちの長屋に錠はない。夜は皆、中からつっかい棒を宛てがうのだが、外に出る時は何もしないのがふつうである。だから、中に人でもいない限り、つっかい棒が引っかかることはないはずなのだが……。

「……どうしたんだろ」

助松が不安げな声で呟きながら、後ろの多陽人を振り返ると、

「中に誰かいはるんと違いますか」

多陽人はわりに落ち着いた様子で尋ねた。

「誰かって、いったい」

茫然と呟いた時、中でごそごそと人の動く気配がした。助松は思わず後ずさりする。

「……誰だ」

その時、中から低くくぐもった声が聞こえてきた。どれほど聞き取りにくくても、父の声であることは分かる。

「お父つぁん！」

思わず大きな声を出すと、「助松か」という父の声に続き、がたがたとつっかい棒を外す音が聞こえてきた。

「お父つぁん、帰ってたんだね。いったい、いつ？」

戸の向こうに立っていたのは、まぎれもない父であった。鬚を剃っておらず、少しやつれているようにも見えるが、取りあえず無事なようである。

助松の問いに答えるより先に、大五郎は外の様子に素早く目を走らせた。そして、葛木多陽人の姿を見出すなり、

「葛木さまと二人だけか」

と、明らかに用心している声で訊いた。

「そ、そうだけど。お父つぁんのことで、旦那さんが葛木さまに……」

と、説明を始めた助松の言葉を、大五郎は突然遮ると、「とにかく入れ」と助松の腕を引いた。

「狭いところですが、葛木さまもお入りください」

大五郎は多陽人にも有無を言わせぬ口調で告げた。

「ほな、そうさせてもらいまひょ。事情は聞かせてもらえるんどすやろな」

多陽人が呟きながら戸をくぐると、大五郎は素早く戸を閉め、再びつっかい棒をさした。

それから、三人とも土間から上がり、床に座り込むと、大五郎はやっと肩の力を抜いて大きく息を吐いた。その様子を見て、

「大五郎はん、逃げ出して来はったんどすな」

と、多陽人が尋ねる。

「その通りです。ちょっとした痺れ薬を作って来ましたんで、しばらくは奴らも動け

ないはずなんですが、少し経てば私への報復に動き出すでしょう」

「お父つぁん、悪い奴らに追われてるってこと？」

助松が脅えた声を出した。

「だったら、ここにもやって来るんじゃないの？」

「ああ。だから、ここはすぐ出て行くつもりだ」

大五郎は躊躇(ためら)いなく答えた。

「もしかして、助松はんを連れて行くつもりで、ここへ帰って来はったんどすか」

多陽人が尋ねた。

「それも考えました。が、私一人ならどんな我慢もできるが、助松にはきついでしょう。それに、敵には立場もある。必要に迫られ私を捕らえることはしても、子供を囮(おとり)には使わないだろうと考えました。まあ、賭けのようなもんですが。そこで、くれぐれも用心するようにと書き置きだけ残し、すぐに立ち去るつもりでした」

「そんな、お父つぁん。また離れ離れになるなんて」

助松は反対の声を上げたが、「お前のためだ」と大五郎からたしなめられた。

「大五郎はんが敵についてそない考えたんは、相手がお侍やからどすか」

続けて多陽人が尋ねた。大五郎はすぐに返事をせず、多陽人をじっと見据えた後、

「……おっしゃる通りですよ」

と、答えた。

「ほな、大五郎はんはひとまずここから姿を隠した方がええやろな。敵がここへ来ることも、伊勢屋はんの周辺が見張られることも、覚悟せなあかん」

多陽人はごく淡々とした調子で述べた後、助松に目を向けて続けた。

「助松はんはひとまずこれまで通り、大五郎はんとは会(お)うてへんふりをして、ふつうに暮らし続けることや。それができるんなら、大五郎はんの言う通り、助松はんが狙われることはないと私も思います」

「旦那さんやお嬢さんにも内緒にするんですか」

助松は大五郎と多陽人を交互に見ながら尋ねた。

「言わん方がええやろな。秘密を知るのは少ないに越したことはないさかい」

「……分かりました」

助松はうなずいた。

「それから大五郎はん。お一人で身を隠すのもしんどうおすやろ。私が隠れ場所をご用意いたしまひょ」

「何、葛木さまが？」

大五郎が目を瞠(みは)った。

「へえ。うちへお越しになればええどす。隣のお屋敷に大家はんがお住まいやけど、私自身は一人住まいやし」

「しかし、お宅に出入りする人とているだろうに」

「出入りするんは、お屋敷の女中はんと依頼主のお客はんくらいやけど、姿が見えんようにもできますさかい、ご心配には及びまへん」

多陽人の言葉に続いて、助松は「本当だよ、お父つぁん」と勢いよく口を開いた。

「前に、すぐ近くにいたおいらのことが、お父つぁんに見えないことがあったでしょ。あれ、葛木さまが術をかけてくださってたからなんだよ」

「ほんまに姿を消してしまうわけやのうて、ごまかすだけやけどな」

ここから多陽人の家に行くまでの間も、大五郎の姿が人目につかぬようにすることは可能だという。二人から口々に勧められ、

「それなら、取りあえずはお邪魔させてください」

と、大五郎も最後には多陽人の家に身を隠すことを承知した。これで安心できると助松が思ったその時だった。

「せやけど、その前に一つだけ確かめておきたいことがあります」

ふと多陽人が表情を改めて切り出した。

「大五郎はん、あなたは十年前、富山藩のご重臣、長月家ご当主に毒が盛られた事件に関わったとされ、脱藩したんどしたな」

「……ええ。その通りですが」

今さらなぜそんな話を持ち出されるのか分からないという様子で、大五郎は怪訝(けげん)な声を出した。

「それは濡(ぬ)れ衣(ぎぬ)を着せられたのであり、あなたご自身は何もしていない、そないな言い分どしたな」

「その通りです」

「あなたに濡れ衣を着せたのは長月家と薬種問屋の丹波屋である。その陰謀を暴くために、あなたとご実家である辻家の方々は、山富と名乗るお方のお指図で動いてはった。それに間違いはおへんか」

「ありません。いったい、今さら何が知りたくて、そんな話を――」

「大五郎はん、あなたは反魂丹を作ることができるそうどすな」

突然、切り込むように多陽人が言った。

「えっ」

声を上げたのは、大五郎ではなく助松だった。自分はまだ多陽人にそのことを打ち明けていない。それなのにどうして多陽人が知っているのだろう。一方、大五郎はちらと助松に目をやったが、その表情からしゃべったのが助松でないことを察し、すぐに目を多陽人に戻した。

「お嬢さんか」

「私が何で知ったのかはどうでもええことや」

多陽人は淡々と先を続けた。

「反魂丹のような薬を作れるお人なら、毒を作るのなんぞ難しゅうはないどすやろ。大方、今回捕らわれたんかて、敵の目的はそないなとこやろと見当がつきます。そこで、お尋ねします。十年前のことはほんまに濡れ衣やったのか、それともほんまは長月家のご当主に、あなたが毒を盛ったんか」

「お父つぁんが毒を盛ったなんて、そんなこと、あるはずがない」

思わず、助松は横から口を挟んでいた。いかに尊敬する多陽人であっても、父を悪者のように言うのは許せなかった。

「お子はんはこう言うてます。せやさかい、助松はんの前で正直にお答えいただきとうおす。ほんまはどっちなんどすか」

多陽人の静かな問いかけが終わると、その場には沈黙が落ちた。そんなことしていないよね、と父に言いたかったが、助松はなぜか声が出てこなかった。

「……分かりました」

ややあってから、大五郎が覚悟を決めた様子で低く答えた。

「助松」

大五郎は答える前に、助松の名を呼んだ。

「お父つぁんが反魂丹を作れることを、たぶん、しづ子お嬢さんは知っておられる。確かめたわけじゃないが、お前との話を聞かれてたんだろう。それで、お嬢さんにもご心配をかけてしまったようだ」

「お嬢さんが……」

「お嬢さんは私が毒を盛ったかどうかはともかく、私が毒を作ることができると思い込んでしまわれたんだろう。反魂丹のような、特別な薬が作れるなら毒だって作れただろう、とな。いや、それだけじゃない」

大五郎はいったん口を閉ざすと、少し躊躇っていたが、ややあってから再び口を開いた。

「お嬢さんを隠れ家にお連れしていた時、辻家の者がお嬢さんに毒を盛ろうとしたことがあったんだ。もちろん死ぬほどの毒じゃない。今回私が敵に盛ってきたのと同じような、体を痺れさせる程度のものだ」

「つまり、大五郎はんが毒を作れる、ということに間違いはないんどすな」

「その通りです」

大五郎は多陽人に目を向けて、静かに答えた。

「今回私を捕らえた連中は、葛木さまのおっしゃる通り、私に毒を作らせようとした。

そして、お嬢さんも、私は毒が扱えるとお思いになった。それは間違いではありません。しかし」

大五郎の眼差しが再び助松の方へと向けられる。

「これだけは信じてくれ。作り方を知っている、扱えるということが、そのまま悪事を働くことにはならぬということを」

大五郎は真剣な面持ちで助松に告げた。

「確かに、私はこの度、体が痺れる毒を敵に盛った。それは必要に迫られたからで、悪事とは思っていない。そして、悪事と自ら考える場面で、私は毒を扱ったことはない。十年前の事件でもそうだ。あの事件はそもそも毒など盛られてはいなかった。長月家がでっち上げたことだと私は考えている」

大五郎の声にも表情にも切実なものがあった。父は嘘を吐いてはいない、助松にはそう思えた。だが、何をどう言えばいいか分からなくて黙っていると、

「助松はん」

いつもの調子で、多陽人が助松を呼んだ。

「お父はんはこう言うてはりますけど、どない思いましたか」

「……お父つぁんがやっていないと言うのは、本当だと思いましたけど」

助松の答えに、多陽人は大きくうなずき返した。

「そうどすな。大五郎はんは助松はんの前では嘘は吐けへん、そない思うたさかい、私もこの場で問いかけさせてもらいました。そこで、私から一つだけ、大五郎はんに言うておきたいことがあります」

多陽人が大五郎に向き直り、改めて口を開いた。

「薬種問屋で仕事をしはる以上、自分の力量のほどを雇い主に黙ってはるんは、あきまへんやろ。そのことが要らん心配を生むもとになってますのや」

多陽人の言葉に、大五郎は恐縮した様子でうなずいた。

「おっしゃる通りです。富山の事件が解決してから、旦那さんにはお話しするつもりでしたが、後回しにするべきではなかった。私自身、十年もの間、旦那さんに隠しごとをしてきたという後ろめたさがあったのです」

「人には隠しごとの一つや二つ、あって当たり前どす。それは隠せてる間は本人を守り、時には利を生んでくれることもあります。せやけど、誰かに勘付かれたらもうあきまへん。今度は本人や仲間を脅かす弱みとなり、敵を利するものになりかねまへんのや」

「まことに、そうですな。私は助松に隠しごとをするように命じ、お嬢さんに余計な心配をさせてしまいました」

今はこのまま去るが、次に伊勢屋へ戻った時には平右衛門にすべてを打ち明けると言う大五郎に、多陽人はうなずいた。

「ほな、行きまひょか」

多陽人に続いて、大五郎と助松も立ち上がる。大五郎が履物を履いたのを見届けると、

「両手を出して、私のする通りにしておくれやす」

多陽人は言い、右手を拳にし、左手をその下に添えるようにした。大五郎はいささか疑わしげな表情を浮かべていたものの、無言で言われた通りにしている。

「ほんまに姿を消すわけやないさかい、私以外の人に触れたり、声を出したりはせえへんといておくれやす。歩く時の足音くらいはかましまへんが、大きな物音を立てるのもあきまへん。私がええと言うまで、その手の形も崩さんといておくれやす。それ以外は何をしてもかましまへん」

そう大五郎に忠告を与えた後、

「常に日、前を行き、日、彼を見ず。人のよく見る無く、人のよく知る無く、人のよくとらえる無し。オン、アニチヤ、マリシエイソワカ」

聞き覚えのある隠形（おんぎょう）の呪文が多陽人の口からゆっくりと流れ出した。この呪文が終われば、大五郎の姿は見えなくなる――と思いきや、

「た、大変です、葛木さま」

助松が慌てた声を出した。

「お父つぁんの姿、おいらにはちゃんと見えてます！」

助松の動揺ぶりに、大五郎が奇妙な表情を浮かべていた。

「当たり前どすやろ」

多陽人がおかしそうに笑いながら言い返す。

「この術は見ようとする人には見えるんどす。助松はんはお父はんがそこにいると分かってはるから、見えるのや。他の人は誰も大五郎はんのことを気にもせえへんさかい、安心しておくれやす」

多陽人はそう言って、大五郎の先に立ち、戸口の戸を横に開けた。大五郎がその後に続き、最後に助松が外に出る。すると、母屋からこちらへ向かってくるしづ子の姿が見えた。

「葛木さまはもうお帰りですか」

しづ子は多陽人の前まで来ると尋ねた。

「助松とのお話が終わったのなら、母屋の方でお茶でもと思ったのですが」

「いえ、この後、仕事の約束があるさかい、今日はこのまま失礼いたします」

「そうですか」

と、残念そうに呟いたものの、しづ子はそれ以上誘おうとしなかった。しづ子の目は多陽人に向けられており、その後ろの大五郎の方へはまったく向けられる気配がない。

（お嬢さん、お父つぁんのこと、見えてないんだ。あんなに近くにいるっていうのに）

行方知れずだった大五郎を目の前にして、しづ子が何も口にしないということはあり得なかった。多陽人の術は確かに効いている。ここで大五郎がしゃべったりすれば台無しだが、かつて助松が犯した過ちを、さすがに大五郎は犯さなかった。しかし、自分の姿にまったく気づかぬしづ子に、驚きの表情を浮かべている。

「ほな、私はこれで」

多陽人がしづ子に挨拶し、しづ子も「ごきげんよう」と言葉を返した。

「助松はこれから店に出るのね」

しづ子の眼差しが助松の方に向けられる。その際、明らかに大五郎の姿が目に入っているはずなのに、しづ子は何の反応も見せなかった。

「……はい」

一瞬遅れて助松が返事をする。

「どうかしたの？」

助松の様子に、しづ子が不思議そうな表情を浮かべた。

「いえ、何でもありません」

助松は慌ててごまかし、最後にちらと多陽人と大五郎に目を向けた。大五郎は助松の方を見ていた。その目はもう驚きからは覚めており、自分は大丈夫だと告げているようであった。

助松は安心すると、母屋へ戻るしづ子の後に続き、店へ向かって歩き出した。

第八首　青柳の

一

やがて、暦が立秋を迎えると、朝晩は日に日に涼しさを増し、虫の鳴き声も聞かれるようになった。

七月丑の日は例の『万葉集』写本に符牒で記されていた日付である。

助松は伊勢屋の小僧として、それまでと変わらぬ暮らしを送っていた。大五郎はいまだに帰って来ていない。店の奉公人たちは仕事に出ていると信じており、さらわれたと考えている平右衛門としづ子は時折、助松を案じて励ましの言葉をかけてくれる。その人たちに、本当は大五郎が葛木多陽人の家に匿われていると伝えられないのは申し訳なかったが、助松は秘密を守って誰にも言わなかった。

大五郎とは時折会っている。多陽人が気を利かせ、理由をつけては助松を自宅へ呼んでくれるからだ。

大五郎は多陽人の術のお蔭で、多陽人の家に出入りする誰にも気づかれることなく、身を潜めて暮らしている。大五郎をさらった敵側の手が多陽人の周辺に及ぶこともなかった。

そして、多陽人は大五郎から捕らわれていた時の状況を聞き出し、田沼意次とも連絡を取り合って、七月丑の日に日本橋平野屋で何が行われるのか、調べを進めていた。助松がおおよそのところを、多陽人から打ち明けられたのは、七月に入ってすぐのことである。

「大五郎はんを捕らえてたんは、田安さまの家臣で舘正村という侍や」

大五郎は捕らわれている間に、毒を作るよう強要され、引き受けたふりをして、薬草類を敵に用意させた。その上で痺れ薬を作り、見張り役にそれを含ませ、隙を見て逃げ出したという。

逃亡の際、捕らわれていたのが本所だと分かったが、さすがに敵も隠れ家に素性を明かす品など残してはいまい。だから、多陽人は隠れ家は捨て置き、「舘」という名前と容姿の特徴を手がかりに、田沼意次に素性を洗ってもらうことにした。

すると、田安家に仕える家臣の中に、舘という者が見つかったという。

「舘は十石取りの軽輩やそうやけど、我が殿こそ公方さまにふさわしい、と憚りのう口にする厄介な男やそうや。田安さまのご器量のほどを盲信していて、その言動が目に余ると上役から叱責されたこともあったと聞きました」

それが殿のお立場を危うくするのが分からぬかと、きつくたしなめられ、表向きは反省したように見せていたそうだが、表に出さなくなった分、考え方はより危ないものになっていったのだろう、と多陽人は説明する。

　そのうち、同じ考えを持つ数名の下級武士と語らうようになり、舘がその中心となった。やがて、将軍を支える大岡主膳に目をつけ、その排除こそ自分たちの使命と考えるに至ったのではないか、と話はいったん締めくくられた。

「じゃあ、その舘って人は田安さまを公方さまにしたくて、お父つぁんに毒を作らせようとしたんですか」

　多陽人と大五郎を交互に見ながら、助松は尋ねた。

「公方さまを支えてはる大岡さまに毒を盛るためにな。前に失敗したさかい、今度は腕のいい大五郎はんに、見つかりにくくて効き目の強い毒を作らせようとしたんや」

　しかし、舘の謀とはそれだけではなかった。一方では、毒を飲ませようと企みつつ、それが失敗に終わることも考えて、別の策もめぐらしていた。それが、七月丑の日の平野屋の計画である。

「これも、田沼さまが調べてくださったのや」

　と、多陽人は続けた。

　話は単純だった。大岡主膳に七月丑の日——七日と十九日の予定を尋ねてみたところ、十九日の仕事が引けた夜五つ頃、日本橋の地本問屋平野屋へ注文した本を受け取りに行くという。

そもそも、どうして七月の予定が五月のうちに決まっていたのかと田沼が問うと、この年に出た『英草紙』の入荷を待って、直に受け取るためだと大岡は答えたそうだ。店も閉まった夜の五つに自ら出向く理由については、「平野屋は堅い書物から軽めの草紙まで幅広く扱うまれな店で、その書棚を自分の目で見て回り、主人と語り合うのも娯楽の一つ」ということらしい。

「大岡さまのそのご予定を知るもんはご同輩やご家臣など、かなり限られるそうや。けど、その中に舘の仲間がいて、大岡さまの外出の予定が分かり次第、知らせる手はずになっていたんやろ。一定の日を置いて必ず開かれる田安家のご講義を利用し、『万葉集』写本に符牒で記してな。用心深く手渡しは避け、写本の置き場をあらかじめ決めてあったんやろけど」

「どこかで間違いがあって、賀茂先生のご本とすり替わってしまったんですね」

昂奮気味に訊き返す助松に、多陽人はうなずいた。

「そうや。符牒を記した本を受け取る側の舘は焦ったやろな。すぐに、写本の在り処が賀茂先生のお宅と調べ上げ、家へ押し入ったんや」

「舘は七月丑の日に大岡さまが平野屋へ行くと知り、そこを狙うつもりなんですね」

「符牒が他人の手に渡ったのは思わぬ手違いやろけど、まさか符牒を読み解かれたとは思うてへんやろしな」

さらに、二段構えの計画のもう一方——毒作りの方は失敗している。

「敵も追い詰められてるやろし、これを逃したら大岡さまに近付く機会なんぞ、滅多にあるもんやない」

「でも、大岡さまは平野屋へ行くのをお取りやめになるんですよね」

襲撃されると分かっていて、みすみすその場へ行くことなどあり得ない。そう思って助松は訊いたのだが、多陽人は難しい表情で黙り込んだままであった。

「助松」

と、それまで黙っていた大五郎が初めて口を開いた。

「今回に限って、敵の計画を失敗させるのは容易い。お前の言う通り、大岡さまがお出かけをやめれば済む話だからな。しかし、それでは本当の解決にはならないんだ」

父から指摘されて、助松は「あっ」と声を上げた。

「敵がまた大岡さまを狙い続けるからですか」

「その通りどす。せやけど、それだけやおへん」

多陽人が再び口を開いた。

「大五郎はんかて、奴らが狙う駒の一つや。もちろんここにおる限り、奴らには見つからへん。けど、伊勢屋へ帰らはったら、奴らにも分かってしまいますやろ」

多陽人の言葉はもっともだった。いつどこで、舘の仲間が父を狙っているかもしれないと思えば、毎日びくびくしながら暮らすことになる。伊勢屋にも迷惑をかけることになるのは避けられない。

「せやさかい、もう二度と大岡さまや大五郎はんが狙われんような策を、見つけなあかんのどす。これは、田沼さまも同じ考えどした」

「舘とその仲間がつかまらなくちゃいけないってことですか」

「まあ、そないなことになりますやろな」

「田沼さまはどうおっしゃっているんですか」

助松が尋ねると、

「こちらが敵の手口をつかんだ今こそ、悪の根元を絶つ好機とお考えのようや」

と、多陽人は淡々と告げた。

「これまでは、火の粉を払うことしかできへんかったけれど、今回はこちらから打って出られますさかい」

「打って出る、ですか。お武家らしいものの考え方ですな」

大五郎が独り言のように呟（つぶや）いた。

「お父つぁんは田沼さまのお考えに反対なの？」

「いや、反対ではない。悪人どもを一掃するのは必要なことだ。そして、昔の私ならば、その田沼さまと同じように考えただろう。多少の危険を冒してでも、正義を行うべきだ、となj」

「今は違うの？」

助松の問いに、大五郎は「今は武士ではないからな」と静かな声で答えた。

「商人の立場やものの考え方も分かる。そうだな、商人なら利に合わぬ危険は冒さないだろう」

「利に合わぬ危険って……？」

助松が問うと、

「奴らを平野屋におびき寄せるためには、多少の危険を冒すことになるが、こちらが必ず勝利し、奴らをつかまえられるという見込みがなければ駄目ということだ」

と、大五郎は答えた。

「丑の日の前に、奴らをつかまえちまえばいいんじゃないの？」

「奴らが悪事を働いたという証（あかし）がないからな」

「お父つぁんをさらって、閉じ込めたじゃないか」

助松は憤然となったが、「私の証言だけで、奴らを罪に問うのは難しいだろう」と、大五郎は苦々しい声で言った。

「第一、私は自分の手で、仕事を引き受けたからしばらく帰れないと、文（ふみ）を書き送っている」

伊勢屋に届けられた大五郎の文は、表面上は大五郎が彼らに協力していると読み取れるし、文の件は番屋にも知らせたはずだから、今さらなかったことにはできない。

「それじゃあ、奴らに大岡さまを襲わせないと、つかまえることはできないの」

口惜(くや)しさを声に滲(にじ)ませて、助松は訊いた。

「とはいえ、大岡さまを危険にさらすわけにもいきまへん」

多陽人が再び口を開いた。

「その場合、身代わりを立てるとか、伏兵を配すとか、策はあるでしょうが」

「まあ、田沼さまも同じように考えられますやろな」

大五郎と多陽人が言い合うのを聞き、

「もし平野屋に敵をおびき寄せるなら、葛木さまもお行きになるんですか」

と、助松は真剣な眼差(まなざ)しを多陽人に向けた。

「私は田沼さまからの依頼をお受けしたさかいな。見届けるのは仕事のうちどす」

多陽人が落ち着いた声で答えたのに続いて、

「私も行くつもりだ」

と、大五郎が力強い声で言った。

「幸い、姿が見えぬようにする葛木殿の術もあることだし、舘には借りも返さなくてはならない」

父が急に侍のようなことを言い出したと、助松は感じた。しかし、嫌な気はしなかったし、父を遠い人のように感じるわけでもなかった。むしろ、その父の言葉に、助松も奮い立った。

「葛木さまとお父つぁんが行くなら、おいらも連れて行ってください」

「何だって」

大五郎が驚きの声を上げた。

「駄目だ。子供の遊びではないのだぞ」

「もしおいらを連れて行ってくれなくても、おいら、加藤千蔭さまから誘われてるんです。千蔭さまはおいらが行かなくても、当日、平野屋へ様子を見に行くとおっしゃってました。千蔭さまを一人で行かせるわけにはいかないから、おいらはお供をするつもりです」

侍である千蔭に対し、大五郎や多陽人が「行くな」と命じることはできない。千蔭を止められないのなら、千蔭に従う助松を止めることもできないし、かといって「勝手にしろ」と見捨てることもできないだろう。という大人の弱みを衝いた助松の狙いは、最後には成功を収めた。

「仕方ないのやおへんか。一緒に連れて行って差し上げまひょ」

と、多陽人が渋い表情の大五郎を説得する。

「せめて私の術で敵の目につかんようにして差し上げまへんと、加藤の若さまと助松はんを危険にさらすことになりますさかい」

多陽人の言葉に、大五郎はしぶしぶ折れた。

「加藤の若さまとやらは知らないが、助松、お前は武術も使えないのだ。無茶は絶対にしないと約束しろ」

「うん、分かってるよ、お父つぁん」

助松は元気よく答えた。

（すごいや。千蔭さまの言う通りに話したら、本当にお父つぁんと葛木さまを説き伏せることができた）

心の中では、千蔭から授けられた知恵の効き目に、助松はひそかに感嘆していた。

二

その後も十九日の当日まで、助松は多陽人と大五郎、そして、千蔭との連絡を密に行い、計画の把握と報告に努めた。千蔭は今では自ら伊勢屋へ買い物客として足を運び、助松と自然に話ができる状況を作ってくれている。

田沼意次が伝えてきた話によれば、当日は大岡主膳本人が十分用心の上、平野屋へ足を運ぶという。大岡はすべてを承知の上で、身代わりを立てることをよしとしなかったそうだ。

おそらく狙われるのは平野屋へ行く途上か、平野屋を出た帰り道——そこに手勢を配置すれば、十分ということらしい。手勢は田沼が用意し、その指揮をとるという。

一方、多陽人と大五郎、それに助松と千蔭は、手勢とは別の場所に身を潜める手はずだった。無論、大五郎と助松は敵の目につかぬよう術をかける。千蔭は隠形（おんぎょう）の術に興味を示したものの、自分には必要ないと断った。

——武士たるもの、怪しげな術で姿を隠すわけにはいかぬ。

と、助松の前では言っていたが、物（もの）の怪（け）や幽霊といった類が苦手な千蔭は、術をかけられるのも怖いのではないかと、助松はひそかに思っていた。

そして、いざ十九日の当日。

助松は落ち着かないながらも、表には出さぬよう注意し、いつものように仕事をして過ごした。伊勢屋を出て行くのは店じまいを終えた後のことである。平野屋は伊勢屋と同じ日本橋なので、移動に時もかからないし、表通りをまっすぐ行った先にある地本問屋の場所も事前に確かめてあった。

店を出るまでは何の問題もないはず——そう思っていた助松の予想は、六つ半（午後七時）頃、こっそりと長屋を出たところで裏切られた。

「やっぱり、出かけるのね」

待ち構えるように、庭に立っていたのはしづ子であった。

今度の計画について、助松はしづ子には何も知らせていない。女人であるしづ子を巻き込むわけにはいかない、というのは皆の総意であった。

しかし、しづ子も多陽人が写本の符牒を読み解いた席にいたのだから、七月丑の日の五つに平野屋で何かが起きることは分かっている。

「七月初めの丑の日、七日の夜も用心していたの。でも、その日の助松は五つが近付いても外へ出てこなかったわ」

それで、二度目の丑の日となる十九日の今日、同じように助松の長屋を見張っていたということらしい。

「え、な、何の話ですか」

焦った助松はとぼけようとしたが、うまくいかない。

「今さらごまかさなくていいのよ。平野屋さんに行くつもりなのでしょう」

しづ子は落ち着いた様子で尋ねた。

「え、違いますよ。おいらはただ水をもらいにいこうと……」

「井戸はこっちじゃないわよ」

しづ子からあっさり言い返された。

「そうでしたっけ」

ほとんど上の空で言葉を返しながら、助松はどうやってしづ子の目をごまかそうかと必死だった。しづ子が助松の口を割らせ、自分も一緒に行くなどと言い出すことだけは阻止しなければならない。

「どうせ訊いても、答えたくないのでしょう?」

やがて、しづ子は苦笑を浮かべながら言った。助松から事の次第を聞き出してやろうという雰囲気ではない。助松はまじまじとしづ子を見つめ返した。

「それに、私を連れて行ってくれるつもりもない」

「い、いえ、おいらはその……」

「私だって、自分が何もできないことは弁えているわ。いいえ、それどころか、皆にとって厄介者になってしまうことも。もし私にできることがあるのなら、葛木さまが何もさせないでおくはずがないもの」

しづ子は自分に言い聞かせるように言った後、

「だからね、助松」

と、改まった様子で助松を見つめた。

「は、はい」

「無事に帰って来てちょうだい。そして、もし大五郎さんを無事に取り返せるのなら、ちゃんと取り返して、二人で一緒に帰って来ると約束して」

　どうして大五郎が関わっていると知っているのだろうと、一瞬思ったが、しづ子は知っているわけではない。そう直感しているだけなのだろうと思い直した。大五郎が多陽人に匿われているとはさすがに考えていないだろうが、『万葉集』の符牒がどこかで大五郎の失踪とつながっていることを、しづ子は何となく察している。

「分かりました、お嬢さん」

　助松はもう動揺は見せずに、しっかりと答えた。

「たぶん葛木さまもご一緒でしょうね。もしかしたら、加藤の若さまも」

　しづ子は今夜共に行動する人物を見事に言い当てた。助松は胸の中でひそかに驚嘆する。

「皆が無事に帰って来られますように。私はせめてお祈りしているわ」

　両手を合わせて言うしづ子に見送られ、助松は木戸をくぐって外へ出た。

　裏道を進み、表通りに出る手前の辻で、千蔭と待ち合わせている。助松が行った時にはもう、すでに千蔭は到着していた。二刀をきちんとさし、この日は菅笠を手にしている。

「無事に脱け出せたようだな」

　千蔭が安心した様子で笑顔を見せた。

「はい、千蔭さまも」

「では、葛木殿たちとの待ち合わせ場所へ行こう」

二人は様子をうかがいながら表通りへ出た。まだ夜も更けてはいないし、人通りもちらほらある。だが、その中には館の仲間がいるかもしれないので、二人はできるだけ目立たぬよう、静かに進んだ。

多陽人とは平野屋を通り過ぎた一つ向こう側の辻で待ち合わせている。その辻を細い通りへ折れたところに、多陽人が一人で待っていた。

「お待たせいたしました、葛木さま」

助松が挨拶し、きょろきょろと辺りを見回した。

「お父つぁんはどこですか？」

「もう術をかけて、見張りについてもらってます」

そうなるともう、大五郎が自ら術を解かない限り、姿を見ることはできないだろう。

「ほな、助松はんにも術をかけまひょ」

多陽人は言い、助松は前に教えられた通り、右手の拳を軽く握り、その下に左手を添えた。

「常に日、前を行き、日、彼を見ず。人のよく見る無く……」

多陽人が隠形の術をかける様子を、千蔭が興味津々という目で見つめていたが、術をかけ終わった後も変化が見られないので訝しげな表情をしている。

「葛木殿、これで術がかかったのですか」

「そうどす。初めから術をかけられると知ってはる若さまには見えますけど、他の者には見えまへん。ほな、助松はんは取り決めの場所へ行っておくれやす」

当日は四人が固まって見張りについても目立つので、一人ひとりの持ち場を決めてあった。平野屋に近い場所には多陽人と千蔭が、少し離れた場所に大五郎と助松がつく。助松の持ち場は平野屋から半町ほど離れた日本橋川の岸辺であった。

一人で見張りをするのは、どきどきするような緊張感を伴ったが、相手には自分の姿が見えないと分かっているので、安心感と余裕もある。

「何があっても、一人で対処しようとせず、すぐ葛木さまに知らせるんだぞ」

大五郎からは厳しくそう言われていたし、助松自身、一人で何とかできるなどと大それた考えは持っていなかった。むしろ、千蔭の方が一人で何とかしようとするのではないかと心配していた。

多陽人も同じことを考えていたらしく、千蔭の見張り場所を自分の近くとしたのは、そのためだったろう。

（まあ、おいらは何かあったら、すぐに戻って知らせればいいだけなんだから——）

緊張感と気楽な心地を行ったり来たりしながら、見張りを続けていた助松が、気になる人影を見たのはそれから四半刻（約三十分）も経たぬうちであった。

（あれは、田沼さまじゃないか？）

痩せ気味の小柄な侍が供の者を連れて歩いて来る。侍自身は菅笠をかぶり、顔がはっきりとは見えなかったが、背筋をぴんと伸ばした姿に何となく見覚えがあった。

相手にはこちらの姿が見えないのをいいことに、助松は思い切って川岸から道へ出て行き、一行を待ち構えた。道をふさぐように子供が立っていても、侍と供の者は気にする様子もない。

一方の助松は菅笠をかぶった侍の顔を、うんと近くまで行って、下からのぞき込むことに成功した。

（やっぱり田沼さまだ）

田沼意次が現れたこと自体は、別に不思議ではない。田沼が敵を捕らえる手勢を指揮することは、事前に聞かされていた。しかし、この出で立ちは敵を待ち構えるふうではない。

（いったい、どういう手はずになっているんだろう）

助松は少し不審に思ったものの、持ち場を離れるわけにはいかない。田沼と供の者は多陽人たちの見張っている平野屋の方へと歩いていったが、助松はその場に残った。田沼の身に危険が迫ったわけでもないのだから、知らせに行く必要はないだろう。

とはいえ、事情の分からぬ不安を抱えつつ、助松はまたしばらくの時を過ごした。

しかし、その後は通りかかる人影もなければ、何事も起こらなかった。平野屋の方向から物音や人声が聞こえるのではないかと耳を澄ましたが、静かなままである。

（大岡さまらしいお方が平野屋さんへ向かう姿も見えないし、こことは違う道を通って行かれたのかな。それとも、駕籠（かご）を使われたのか）

そんなことを考えながら時をつぶしたが、何も起こらないと、さすがに飽きてくる。初めは耳にも入ってこなかった日本橋川の水流の音が、あまりの静けさのせいで、今ははっきりと聞こえてきた。

（もしかして、今夜は何も起こらないんじゃないか）

大岡主膳の予定が変わって外出が取りやめになった、あるいは舘が大岡襲撃の決行を取りやめにした、そういうことだってあり得るだろう。

助松がそんなことを考え始めた時であった、平野屋の方から人影が現れたのは――。

助松は途端に背筋を伸ばし、全身に力をみなぎらせる。

（あれは……）

まだ人影が遠いうちから目を凝らすと、どうも先ほどここを通った田沼意次のように見える。田沼が敵の目につきそうな格好で堂々と歩いている理由は不明だが、もう一度ここを通るということは、用事が終わって帰るところなのだろう。

（結局、何も起こらなかったのかな）

田沼が何事もなくここを通り過ぎたら、その報告のため、自分も多陽人のところへ戻ろう——そう思いながら、助松は田沼が近付いてくるのを待った。

思いがけないことが起きたのはその時だった。

闇の中から湧いたとしか見えぬほど突然、どこからか現れた人影が田沼と供の者に襲いかかったのだ。襲撃者たちは黒い塊にしか見えなかった。

助松はそちらへ向かって走り出した。どうしようという考えもなかった。ただ体が勝手に動き、術のことも失念していた。無我夢中で黒い塊に飛びかかっていく。その瞬間、助松の印は解け、相手は不意を衝かれて体勢を崩した。

「何だ、この餓鬼。どこから湧いて出た」

苛立った低い男の声が頭上から降ってくる。助松は相手の足にしがみ付いた。

「この野郎！」

男が怒りに任せて刀を振り上げる。白刃のきらめきが目の前を走り、助松は思わず目を閉じていた。

びゅん。

風の唸るような音を助松は聞いた。斬られたと思った。同時に気が遠くなったように思った。

我に返ったのは、一瞬後のことである。

強い力に引っ張られて体が横倒しになった。続いて、「うおお」という喚き声が耳を破り、何かが体にのしかかってきた。

助松は渾身の力でそれを押しのけ、とにかく地面を這った。

傍らに黒装束の男が倒れている。男は怪我を負い、うめき声を上げながら地面をのたうち回っていた。

倒れているのは一人だけではない。合計三人が腕、腹、足、それぞれ別の箇所に傷を負って苦しんでいた。その者たちを逃がさぬよう、いつの間にか周りを取り囲んでいた男たちは、田沼が配備していた手勢と見える。

「助松はん、大丈夫どすか」

懐かしい多陽人の声がすぐ近くでした。助松は慌てて声の方に顔を向け、安心感に震えながら「はい」と答えた。

「田沼さま、その連中を縛り上げといておくれやす」

多陽人の言葉を待つまでもなく、田沼の手勢の男たちは刀の下げ緒で黒装束の三人を縛り上げていった。

「こ、この人たちは……」

「この人らが大岡さまの襲撃を企んでた連中どす」

地面にへたり込んでいた助松を立ち上がらせながら、多陽人が答えた。

「大岡さまは……」

「本物の大岡さまはお城の中におられますやろ。あの田沼さまが大岡さまに成り代わって、平野屋へ行ったんどす」

多陽人があきれたような声を滲ませて告げた。

「いや、すまぬ。知る者をできる限り少なくするのは、隠しごとの鉄則であろう」

田沼が苦笑しながら口を挟んできた。

「まあ、ええどすけど。このくらいのことは想定してましたさかい」

と、多陽人が平然と言い返す。

田沼が事前に知らせてきた話には偽りがあり、実際は、今夜の襲撃計画を知った大岡主膳は外出を取りやめにしたのだそうだ。が、田沼は敵を捕縛する好機ととらえ、自らが大岡に代わって、予定通り城を出た。平野屋には事前に田沼の方から、大岡の代理人が本を受け取りに行くと知らせてある。

そして、予定通り、本を受け取った田沼が日本橋川の近くまで来た時、敵は田沼を大岡と信じて襲撃したというわけだった。

「おいらを助けてくれたのは、葛木さまだったんですね」

黒ずくめの男たちの傍らに落ちている錘（おもり）のついた鎖を見下ろし、助松は訊いた。

多陽人は「微塵」という錘付きの鎖を武器に使う。扱い方は相当複雑なはずだが、錘を三つつけたその武器は一投げするだけで、複数の敵を倒すことが可能だった。その鮮やかな戦いぶりを、今日は目を閉じてしまっていたため、存分に見られなかったのが残念である。

「いやはや、聞いてはいたが、微塵の力は大したものだな。当たったものを木端微塵にすることから、名づけられただけのことはある」

田沼が最後に微塵を拾い上げ、多陽人にそれを渡しながら感心した様子で呟いた。

その時、「助松」と声を上げながら、大五郎と千蔭がこちらへ駆けてくるのが見えた。大五郎はすでに術の印を解いており、千蔭とは今夜が初対面だったはずだが、すでに互いのことは分かっているようだ。

二人とも、助松の身をいちばんに案じており、無事であると分かると、ほっと安堵の息を漏らした。

「助松、無事でよかった」

千蔭は助松の手を握って言った。

「大五郎はん」

多陽人が大五郎に、目で合図を送る。大五郎は顔を引き締めてうなずくと、手首を縛られて倒れている男たちの顔を順に確かめていった。やがて、大五郎の眼差しが一

人の男の前で止まる。大柄の男であった。大五郎はその顔をじっと見つめた後、

「舘と名乗った輩に間違いありません」

と、告げた。その男は助松が店で見た男でもあった。

「なるほど、今宵の襲撃といい、毒を作る計画といい、目的は大岡殿の殺害だな」

低い声で言う田沼に向かって、舘が大きく舌打ちした。

「おのれ、大岡ではないな」

「私は上さまにお仕えする小姓組番頭の田沼だ。大岡殿ほどの大物ではないが、上さまの家臣を襲ったおぬしの不届きな罪に変わりはあるまいて」

「おのれ」

舘が地面に転がされた格好のまま、射貫くような鋭い眼差しで田沼を睨みつけた。

「言いたいことがあるなら奉行所で申すがよい」

田沼はそう告げた後、手勢の者たちに、賊を引っ立ててゆくよう命じた。

「念入りに調べはするが、田安家の上層部とのつながりはあるまい。あやつらの暴走でけりはつくだろう」

その場に残った田沼が多陽人に告げた。

「ただし、大岡殿の近くにあやつらの同心者がいたのは問題だ。ま、田安家のご講義に連なっていた者の中からすぐに割り出せようが」

「もう逃げ出してるのやおへんか」

「それに備えて、疑わしい者にはすでに見張りをつけてある」

と、田沼は抜かりなく告げた。

「それにしても」

最後に、田沼の眼差しは助松へと注がれた。

「おぬしの勇気には感服いたした。さすがは武士の子よ」

田沼の言葉に、「えっ」と小さな声を上げ、訝しげな目を助松に向けたのは千蔭であった。千蔭には助松の出自のことを知らせていない。

「おぬしは……山富と呼んでおったかのう。例のお方よりおぬしの出自と父のことはくわしく聞いたぞ。その上で訊きたいことがある」

田沼は助松にしっかりと目を据えて言った。大五郎が不安げな眼差しを助松と田沼の横顔に当てている。

「侍の身分に復し、我が家に仕える気はないか。おぬし自身は富山藩主への格別の忠誠もあるまい。私に仕えれば、上さまにお目通りすることも叶うやもしれぬぞ」

助松は思いがけない申し出に、どう答えていいか分からなかった。すると、

「お言葉ですが」

大五郎が進み出て、田沼に言う。

「助松は私の息子です。息子を勝手に連れていかれては困ります」

「ならば、父子そろって私の家臣になるのはどうか。おぬしのことも山富殿から聞いておる」

田沼は引き下がるどころか、ますます熱心な口ぶりになって言った。それは大五郎にも思いがけない申し出だったらしく、返事はすぐには出てこない。すると、

「助松」

横から千蔭が口を挟んできた。千蔭は助松にだけ目を据えて言う。

「事情はよく分からないが、そなたの父君は元は武士ということなんだな。今の話からすると富山藩の侍だったのだろう。伊勢屋のお嬢さんもそなたが富山の出身だとおっしゃっていた」

千蔭は再び助松の手を握りしめた。

「助松が元の身分に戻るのなら、こんなに喜ばしいことはない。もう奉公人として働かなくていいし、堂々と歌をたしなむこともできる。歌は侍のたしなみとしてふさわしい。一緒に研鑽(けんさん)していこう」

千蔭は声を弾ませて言う。その声にも手の力からも、千蔭の喜びが伝わってきた。しかし、助松の心は千蔭のように浮き立つことはなかった。

どうしてなのか。その理由は分かっている。

「田沼さま」

助松は落ち着いた声で、田沼に声をかけた。千蔭が助松の手を離す。

「ありがたいお話ですけれど、おいらは今のままがいいんです。薬種問屋で働きながら、本草学(ほんぞうがく)を学んでいこうと思っていますから」

「そうか」

きっぱりと言う助松に、田沼はさわやかな表情で応じた。

「残念だが致し方ない。だが、気持ちが変われば、いつでも知らせてくれ」

この先も、葛木多陽人殿の客として関わっていくことになろうからな――そう続けて言い、田沼は初めから従っていた供の者を引き連れ、帰って行った。

三

田沼の一行が立ち去った後、日本橋川の岸には助松と大五郎、多陽人、千蔭の四人だけが残った。

「田沼さまが富山藩主への忠誠心はないだろうってお尋ねになった時、おいら、ちょっとだけ山富さまのことを思い浮かべたんです」

助松は大五郎と多陽人にそう言った。

「おいら、山富さまって、もしかしたら富山藩のお殿さまなのかなって思ってて」

しかし、助松の言葉に、大五郎は困惑した表情を浮かべただけで、何も言わなかった。多陽人の方は、山富の正体を知っているはずなのに、我関せずとばかり素知らぬ顔をしている。

千蔭は山富のことを知らぬものの、助松がその正体に興味を抱いているということだけは察したらしい。

「助松はその山富というお方に会ったことがあるのか」

何も知らぬだけに気楽な様子で、千蔭が尋ねてきた。

「はい。一度だけですけれど」

「どのくらいの年のお方なんだ」

「ええと、はっきりとは分からないけれど、お父つぁんよりは上に見えました」

「それなら、富山藩のご当主ということはないな」

千蔭ははっきりと言う。

「どうして、分かるんですか」

「今の富山藩のご当主は確か、二十歳(はたち)くらいのお若さのはずだ」

「そうなんですか」

気が抜けたような声で、助松は応じた。

「富山藩のご当主は、加賀藩の前田さまのお血筋だったはずだ。加賀藩といえば百万石の大大名、助松も話に聞いたことくらいはあるだろう」

「はい」

　富山藩はともかく、加賀藩に関心を持ったことはなかったが、さすがにそのくらいのことは知っている。

「加賀藩はな、特に力のある家臣の家が八つあって、加賀八家と呼ばれているそうだ。どの家も一万石以上あるのではなかったかな。つまり、余所では大名と呼ばれてもおかしくないくらいの家柄なんだ」

　藩祖前田利家の頃から仕えた重臣の家や、前田家の分家で構成され、家老もこの八家から出る。富山藩は加賀藩の支藩であるから、加賀藩の意向に左右されることも多いのだろう。特に、加賀八家の当主ともなれば、富山藩の藩政に口を挟むくらいの力は持っているのではないか。千蔭はそんなふうにめぐらした考えを、助松に披露してくれた。

「じゃあ、山富さまはその中のお一人だったのかな」

　助松は呟いたが、案の定、大五郎は渋い顔をするだけで答えてはくれなかった。

　千蔭は苦笑を浮かべつつ、

「これ以上知ろうとしても、無理だと思うぞ」

と言い、助松もうなずいた。

「ところで、助松」

と、千蔭は話を変えた。

「私は助松が侍の子だと知って嬉しかった。もし元の身分に復するのなら、友人になれると思い、心が弾んだ」

率直な口ぶりで言う千蔭の前で、助松は少しうつむいた。

「申し訳ありません。千蔭さまのお気持ちを無にするようなことを……」

「いや、そんなことが言いたいわけではない」

千蔭は助松の言葉に押しかぶせるようにして言う。

「侍であろうとなかろうと、助松に変わりはない。落ち着いて考えれば、私たちはもう友人になっている。そうではないか？」

「千蔭さま……」

助松が声を震わせると、千蔭は照れくさそうな笑みを浮かべた。

「これからも歌の道では、一緒に研鑽していこう」

「はい」

千蔭の言葉に、助松は明るく答えた。それから、一同は帰宅することになったが、大五郎も今夜は堂々と伊勢屋に帰るという。

「ほな、私はここで」

と、多陽人が言い出したので、助松は慌てた。

「あのぅ、葛木さまも伊勢屋までご一緒してくれませんか。ここから遠くないですし」

「大五郎はんもいてはるし、怖いことなんかおへんやろ」

多陽人が不思議そうな表情で言う。

「怖いわけじゃありません」

助松は声高く言い返した。

「出て来る時、お嬢さんに見つかっちゃったんです。でも、お嬢さんは何も訊かずにおいらを送り出してくれました。きっと心配していらっしゃると思うんです」

「そりゃあ、助松はんのことは心配してるやろけど、私は関わりないどすやろ」

「そんなことありませんよ。お嬢さんは葛木さまのことも心配なさっていました。千蔭さまがご一緒かもしれないとも言ってらしたし、お父つぁんを無事に連れ帰ってほしいとも」

懸命に言う助松の言葉に、

「さすがはお嬢さんですな。何もかもお見通しだとは――」

と、大五郎が感心した声を上げた。

「それなら、お二方とも伊勢屋までご一緒して、お嬢さんにお顔を見せて差し上げたらいかがですか」

続けて、大五郎は二人に勧めた。

「せやけど、この時刻にお嬢はんを呼び出すわけにもいきまへんやろ」

多陽人の返事を聞いた時、助松は思わず「違います」と言っていた。

「何が違うんどすか」

多陽人が首をかしげた。

「お嬢さんはたぶん外で待っていらっしゃると思うんです」

「お嬢さんがそうおっしゃっていたのか」

助松の物言いに、大五郎も怪訝（けげん）そうな表情を浮かべて問うた。

「そうじゃないけど……」

しづ子はたぶん皆のことを心配しながら、外で帰りを待っていてくれる——なぜか、助松にはそう信じられた。理由は自分でもうまく答えられなかったのだが、その時、口が勝手に動き出した。

「青柳の……」

「何やて」

いつも余裕を浮かべている多陽人の顔に、その時、驚きの色が走った。

「青柳の張(は)ろ川門(かわと)に汝(な)を待つと清水(せみど)は汲(く)まず立ち処平(どなら)すも、と言うじゃないですか」

「なるほど」

千蔭がひどく感心した様子で大きくうなずき、

「水も汲まずに足踏みをしながらあなたを待っている、と言われては、行かぬわけにはいきますまい」

と、多陽人に言った。

「そない言わはるんなら、まあ、かましまへんけど」

最後には多陽人も承知し、四人はそろって伊勢屋へと向かった。助松が先頭に立ち、裏庭に続く木戸をくぐり抜ける。出かける時、ここまで見送ってくれたしづ子は木戸のところにはいなかった。

(でも、お嬢さんはきっと——)

そして、さらに奥へと進んで行くと、井戸の傍らに立つ人影が目に飛び込んできた。

「助松っ」

喜びにあふれた声と共に、しづ子が駆けてくる。助松も「お嬢さん」と声を上げながら、走り出していた。

「まあ、大五郎さんも。それに葛木さまと加藤の若さままで。やはり平野屋さんのところへ行っていらしたのね」

「ご心配をおかけしました、お嬢さん」

と、大五郎が進み出て頭を下げた。

「私には分からないことだらけですけれど、無事に解決したと思っていいのですね」

しづ子の言葉には、多陽人が「へえ」と答えた。

「くわしいことは、賀茂先生にもご報告いたしますさかい」

「ええ、そうしてください。くわしい説明は後から聞けば、それでけっこうです。こうして皆さんが無事に帰って来られたのならそれで」

声を震わせるしづ子に、大五郎が改まった表情を向けた。

「お嬢さんには、私のことでさぞ気を揉(も)まれたことと思います。けれども、私はお天道さまに顔向けのできないことはしていない。お嬢さんの前でそう言い切ることができます」

内容はあいまいだが、決然とした口調で告げられた大五郎の言葉に、しづ子は声もなく驚き、一度だけちらと多陽人を見た。多陽人が小さくうなずき返す。

「……分かりました。私は大五郎さんを信じます。いえ、本当はもうとっくに信じていました。悪事を為(な)せる知恵を持つことと、それを行うことは別のことだと分かりましたから」

「反魂丹の作り方を私は知っております。そのことを旦那さんにこれから打ち明けるつもりです」

大五郎は静かな声で告げた。

「そうしてください」

しづ子はうなずき、母屋の方へ向かう大五郎に、助松もついて行くことになった。

「それでは、私はここで失礼する。またな、助松」

千蔭ともその場で挨拶をして別れた。

「ほな、私もこれで」

多陽人も言い、千蔭に続いて木戸を抜けようとした時、

「あら、雨……？」

しづ子はふと肌に触れる冷たさを感じ、空を見上げた。光のない黒い空から、雨がぽつぽつと落ちてくる。

「お二人ともお待ちください。すぐに傘を持ってまいりましょう」

しづ子は慌てて二人を呼び止めた。

「いえ、私は菅笠がありますから、かまいません。このまま失礼いたします」

すでに木戸を抜けていた千蔭はそのまま足早に立ち去ってしまう。

「葛木さまはお持ちでないでしょう。少々お待ちください」

あちらの木陰ででも——と、しづ子が勧めると、多陽人は踵(きびす)を返し、戻ってきた。しづ子は急いで母屋へ戻り、傘を二本手にすると、一本をさして引き返す。多陽人は庭の木陰で雨をしのぎながら待っていた。

軽く顔を上げているその姿が、顔立ちもはっきり見えぬ暗さだというのに、美しいとしづ子は思った。夏の夜の雨にしっとりと馴染(なじ)むその人への想(おも)いは、もう止めようがない。

しづ子が近付いていくと、多陽人が口ずさむ歌声が低く聞こえてきた。

夏は夜　雨もをかしと　人待てば　平(なら)すそばから　泥濘(ぬかるみ)となる

「まあ、おかしな歌」

初めはおそらく『枕草子』の冒頭を、途中からは符牒としても使われていた『万葉集』の「青柳の」の歌を意識しているのだろう。しかし、水も汲まずに想い人を待つ娘の、純粋な恋心を馬鹿にしたような替え歌だ。

「そりゃ、狂歌やさかいな」

多陽人は軽い調子で言ってのけた。

「泥濘になってしまっては、いくら夏の夜でも人を待ってはいられませんね」

しづ子が言うと、多陽人が少し不思議そうな目を向けてきた。

「今宵は怒らへんのどすか」

「まるで私がいつでも怒ってるみたいなおっしゃりようですね」

「違うてましたか」

「いえ、そうだったかもしれません。でも、今日は怒る前に気が抜けました」

しづ子は多陽人に閉じたままの傘を差し出しながら言った。多陽人が受け取るのを待って、再び口を開く。

「そんな心持ちでいたら、狂歌も面白く聞こえました」

「それでええのやおへんか」

「そうかもしれませんね」

いつになく素直な心持ちで、しづ子は言い、傘を傾けて夜空を見上げた。降り続く雨の糸が、母屋の方から漏れる明かりでかすかに見える。

来ぬ人を　待つ夜の雨に　つれなきと　知りて踏み入る　こひぢなるかな

しづ子の口は勝手に言葉を紡ぎ出していた。まるで何かに憑かれたような心地で一首の歌を――たった今、心の中に生まれた歌を口ずさむ。

「ほう」

多陽人が軽い驚きをこめた声で呟いた。

「お嬢はんらしい真面目なお歌や」

「真面目なお歌はお嫌いでしょうね」

「まあ、そない思うてましたけど……」

多陽人はそこでいったん口を閉ざすと、しづ子から目をそらし、

「この歌は悪うないと思います」

降り続く雨を見つめながら言った。

「『こひぢ』は恋の路と泥の小泥をかけてますのやろ。さっきの私の狂歌への皮肉がよう効いてますさかい」

雨の降る夜にどれだけ待っても来ない、そんなあの人の冷淡さは分かっているのに、泥濘に踏み込むように恋路に踏み込んでしまうのです——この歌には皮肉などこめていない。「こひぢ」とは確かに多陽人の狂歌に出てきた「泥濘」からの連想だが、この歌はしづ子の本心を詠んだものに違いなかった。

しかし、しづ子はそのことは告げなかった。本人を前に恥ずかしかったからではなく、多陽人の言葉に逆らうような言葉を今は口にしたくなかった。

「雨が強くならないうちに、お気をつけて」

しづ子の勧めに従って、多陽人は傘を開いた。歩き出した多陽人を、しづ子は木戸まで見送った。

「ほな、傘をありがとうさんどす。改めてお返しに伺いますよって」

木戸を抜けたところで、多陽人は振り返って挨拶し、去って行った。

（いつか、私の歌にあなたが返歌をしてください）

しづ子は心の中でそう願い、多陽人の姿が見えなくなるまで、その場に佇み続けた。

やがて、母屋へ戻ろうと踵を返した時、草履の下の土が柔らかな泥濘となっていることに、しづ子は気づいた。

引用和歌（すべて『万葉集』）

さし鍋に湯沸かせ子ども櫟津の　檜橋より来む狐に浴むさむ
長忌寸意吉麻呂（巻十六・三八二四）

ぬばたまのその夜の梅をた忘れて　折らず来にけり思ひしものを
大伴百代（巻三・三九二）

吾妹子が植ゑし梅の樹見るごとに　こころ咽せつつ涙し流る
大伴旅人（巻三・四五三）

大君は神にしませば天雲の　雷の上に廬りせるかも
柿本人麻呂（巻三・二三五）

あをによし奈良の都は咲く花の　にほふがごとく今盛りなり
小野老（巻三・三二八）

たまもかる敏馬を過ぎて夏草の　野島の崎に舟近づきぬ
柿本人麻呂（巻三・二五〇）

あまざかる鄙の長道ゆ恋ひ来れば　明石の門より大和島見ゆ
柿本人麻呂（巻三・二五五）

倉橋の山を高みか夜ごもりに　出で来る月の光乏しき
間人宿禰大浦（巻三・二九〇）

名くはしき稲見の海の沖つ波　千重に隠りぬ大和島根は
柿本人麻呂（巻三・三〇三）

み吉野の滝の白波知らねども　語りし継げば古思ほゆ
土理宣令（巻三・三一三）

浅茅原つばらつばらにもの思へば　ふりにし郷し思ほゆるかも
大伴旅人（巻三・三三三）

入間道の於保屋が原のいはゐつら　引かばぬるぬる吾にな絶えそね
作者未詳（巻十四・三三七八）

足の音せず行かむ駒もが葛飾の　真間の継橋やまず通はむ
作者未詳（巻十四・三三八七）

吾が恋はまさかもかなし草枕　多胡の入野の奥もかなしも
作者未詳（巻十四・三四〇三）

誰そこの屋の戸押そぶる新嘗に　わが背を遣りて斎ふこの戸を
作者未詳（巻十四・三四六〇）

青柳の張らろ川門に汝を待つと　清水は汲まず立ち処平すも　作者未詳（巻十四・三五四六）
あぢかまの潟に咲く波平瀬にも　紐解くものかかなしけを置きて　作者未詳（巻十四・三五五一）
憶良らは今は罷らむ子泣くらむ　それその母も我を待つらむそ　山上憶良（巻三・三三七）
あかねさす日は照らせれどぬばたまの　夜渡る月の隠らく惜しも　柿本人麻呂（巻二・一六九）
まそ鏡照るべき月を白妙の　雲か隠せる天つ霧かも　作者未詳（巻七・一〇七九）

参考文献

中西進著『万葉集　全訳注　原文付』㈠〜㈣（講談社文庫）
小島憲之・木下正俊・東野治之校注・訳『新編日本古典文学全集　万葉集』①〜④（小学館）
貝原益軒著・石川謙校訂『養生訓・和俗童子訓』（岩波文庫）
『江戸近世暦―和暦・西暦・七曜・干支・十二直・納音・二十八（七）宿・二十四節気・雑節』（日外アソシエーツ）

登場する和歌は、参考資料を基に適宜表記を改めました。

編集協力　遊子堂